Otto Krümmel

Die acquatorialen Meeresströmungen des Atlantischen Oceans und das allgemeine System der Meerescirculation

Otto Krümmel

Die acquatorialen Meeresströmungen des Atlantischen Oceans und das allgemeine System der Meerescirculation

Unveränderter Nachdruck der Originalausgabe von 1877.

1. Auflage 2024 | ISBN: 978-3-38643-593-2

Antigonos Verlag ist ein Imprint der Outlook Verlagsgesellschaft mbH.

Verlag: Outlook Verlag GmbH, Zeilweg 44, 60439 Frankfurt, Deutschland
Vertretungsberechtigt: E. Roepke, Zeilweg 44, 60439 Frankfurt, Deutschland
Druck: Libri Plureos GmbH, Friedensallee 273, 22763 Hamburg, Deutschland

Die

Aequatorialen Meeresströmungen

des

Atlantischen Oceans

und

das allgemeine System der Meerescirculation.

Die
Aequatorialen Meeresströmungen

des

Atlantischen Oceans

und

das allgemeine System der Meerescirculation.

Von

Dr. Otto Krümmel.

Leipzig,

Verlag von Duncker & Humblot.

1877.

Der Zweck der folgenden Arbeit ist, an einem concreten Beispiel die bisher aufgestellten Theorien der Meeresströmungen zu prüfen und zu entscheiden, welche von allen im Stande ist, die Erscheinungen, wie sie in den äquatorialen Regionen des atlantischen Beckens vorliegen, am besten zu erklären. Das gewählte Gebiet erscheint besonders für unsern Zweck geeignet, da es von fundamentaler Bedeutung für alle Theorien ist und grade für diesen Theil des Oceans zahlreiche gute Materialien vorliegen. Bevor wir aber an unsre specielle Aufgabe gehen, müssen wir einen vorbereitenden Blick werfen auf das atlantische Becken als Ganzes, auf seine Scheidung in zwei verschieden ausgestattete Theile, auf deren wagrechte Gliederung und das Relief ihres Bodens, und nach ihren allgemeinen Strömungserscheinungen, welche uns zu der Erörterung der Temperaturverhältnisse sowohl der Oberfläche wie der Tiefsee führen. In grösserer Ausführlichkeit wollen wir dann die Meeresströmungen der äquatorialen Zone behandeln und im Anschlusse daran die specielle Prüfung der Theorien an der Hand dieser Thatsachen vornehmen.

§ 1.

Morphologie des atlantischen Oceans.

Der atlantische Ocean zerfällt naturgemäss in einen nördlichen und südlichen Theil. Die Scheidungslinie zwischen beiden wäre nach Peschels Vorgang[1] vom Cap San Roque am Osthorn Brasiliens zu ziehen nach Monrovia an der afri-

---

[1] *Peschel*, Neue Probleme d. vergl. Erdkunde S. 71.

kanischen Küste. Die Polargrenze des nördlich von dieser Linie gelegenen **nordatlantischen Beckens** verlegen wir, abweichend von Peschel, weiter in die Meeresstrassen hinein. So ziehen wir die Nordgrenze vom Cap Chidley (Labrador) nach Frederikshaab an der gegenüber liegenden Küste, und die nordöstliche Grenze vom Cap Brewster an Grönlands Ostküste hinüber nach der Stadlandspitze Norwegens. Der zwischen den Küsten und diesen Grenzen sich erstreckende Raum beträgt 681,870 Quadratmeilen. Das Becken gleicht etwa einem Trapez, dessen längere Seite zwischen Cap Catoche (Yucatan) und Stadland liegen würde, während parallel hiermit jene Scheidelinie zwischen Brasilien und Liberia die kürzere Seite vorstellte. Dabei haben wir das Mittelmeer und die Nord- und Ostsee vom eigentlich oceanischen Gebiete ausgeschlossen, während der im Vergleiche zu den letzteren ungleich tiefere mexikanische Busen mit eingerechnet werden musste. Am schmalsten zeigt sich das Becken dort, wo sich Island und die Färoer zwischen Grönland und Norwegen einschieben. Hier beträgt die Breite der Meeresfläche nur 175 geographische Meilen (= der Entfernung Tilsit—Basel, Rom—Bremen), nemlich zwischen Grönland und Island 35, Island und Färoer 60, Färoer und Stadland 80 Meilen. Messen wir jedoch zwischen Cap Brewster und Stadland, so erhalten wir 200 Meilen (= der Entfernung Königsberg—Paris, Rom—Flensburg). Die grösseste Breite liegt zwischen Cap Verde und Matamoros (Mexico) und beträgt 1100 Meilen. Den Gesammtumfang des Beckens massen wir zu 4920 Meilen, sodass also der Umfang zum Areal sich verhält wie 1:138. Die einzelnen Stücke des Umfangs setzen sich folgendermassen zusammen:

von Cap Chidley	bis Cap Sable			900	Meilen
„ „ Sable	„ „ Catoche			555	„
„ „ Catoche	„ „ Cap San Roque			1065	„
„ „ San Roque	„ Monrovia			405	„
„ Monrovia	„ Gibraltar			560	„
				3485	Meilen

Uebertrag 3485 Meilen,

von Gibraltar	bis Shetland I^n	795	„
„ Shetland I^n	„ Stadland	55	„
„ Stadland	„ Cap Brewster	200	„
„ Cap Brewster	„ Frederikshaab	265	„
„ Frederikshaab	„ Cap Chidley	120	,,

| Davon an der Küste gemessen | 4195 Meilen | = 85 % |
| „ über Meeresflächen | 725 „ | = 15 % |

Gesammtumfang 4920 Meilen = 100 %

Besonders bemerkenswerth ist die geringe Breite der
Meeresstrassen, durch welche das nordatlantische Becken mit
dem nördlichen Eismeer und nach Süden hin verkehrt. Vom
Festland umgrenzt sind 85 % seines Gesammtumfanges, also
von Nachbarmeeren nur 15 %. Beachten wir nun, dass von
diesen die südliche Strasse mit 405 Meilen = 8.5 % des Gesammtumfanges, und die beiden nördlichen nur mit 320 Meilen = 6.5 % betheiligt sind, so dürfen wir schon hieraus
folgern, dass das nordatlantische Becken den Einflüssen des
Eismeeres weniger ausgesetzt ist, als denen seines südlichen
Nachbars. Mehr als bestätigt wird diese Behauptung, wenn
wir die Ausdehnung der eigentlichen Tiefsee untersuchen.
Da finden wir nemlich, dass von der Davisstrasse nur der
südliche Theil bedeutendere Tiefen aufweist, der nördliche dagegen oberhalb der 500 Fadenlinie zu liegen scheint. Der
englische Dampfer „Valorous" lothete nemlich im August
1875 [1)]

unter 64° 5′ N. B.,	56° 47′ W. L. Gr.	410 Fathoms,
„ 63° 9′ „ „	56° 43′ „ „ „	1100 „
„ 62° 6′ „ „	55° 56′ „ „ „	1350 „

Aus den von Hermann Berghaus auf Blatt 12 in Stielers
Handatlas angegebenen Ziffern ergiebt sich zwischen Friedrichs-
thal (Grönland) und Cap Vebuk (Labrador) eine mittlere Tiefe
von 1580 englische Faden. Ueber die Tiefe der Dänemark-
strasse sind wir nicht unterrichtet, doch dürften wir dieselbe

---

[1)] Proceedings of the Royal Geograph. Society XX, 1876, p. 66.

mit 1500 Faden nicht zu hoch schätzen. Ganz anders aber das Meer zwischen Island und Grönland! Die schöne Uebersichtskarte von Europa in Stielers Handatlas, Bl. 15. zeigt den Verlauf der 500 Fadenlinie in diesem Meerestheile, daneben ist eine grosse Zahl von Einzelbeobachtungen eingetragen. Aus diesen berechnen wir zwischen Island und den Färoer eine mittlere Tiefe von 300 Faden, und zwischen den Färoer- und den Orkney-inseln noch weniger, nemlich 220 Faden. Diese Island und die Färoer mit Europa verbindende Bodenschwelle ist nur an einer Stelle unterbrochen. Hier findet sich zwischen den Färoer- und den Shetlandinseln eine im Mittel nur 8 Meilen breite, höchstens 680 Faden tiefe Rinne, deren schmalste Stelle nördlich von den Hebriden bei 5 Meilen Breite nur 550 Faden Tiefe besitzt. Diese Rinne, welche etwa nach Ost-nordost bis Nordost streicht, wurde im Jahre 1868 von der „Lightning“-Expedition ursprünglich zu zoologischen Zwecken untersucht und wird jetzt allgemein nach dem Schiffe *Lightning channel* genannt. — Doch auch das Thor zum südatlantischen Ocean erlaubt keine völlig unbeschränkte Communikation. Vom St. Paulsfelsen nemlich zieht sich eine Bodenschwelle von weniger als 2000 Faden Tiefe in südöstlicher Richtung auf Ascension hin [1] und ist sowohl durch Capitain Nares auf dem Challenger, wie vom Capitain v. Schleinitz auf der deutschen Corvette „Gazelle“ durch das Loth festgestellt worden [2]. — Der übrige grössere Theil des nordatlantischen Beckens zeigt Tiefen, deren Mittel von Peschel [3] im Jahre 1868 auf 2075 Faden berechnet worden ist. Diesen Mittelwerth nicht erreichend findet sich etwa in der Axe des Beckens eine vom Wendekreis und 50° W. L.

---

[1] Ueber die hier mehrfach beobachteten vulcanischen Erscheinungen und Seebeben etc. vergl. *A. Findlay*, Sailing Directory for the Ethiopic or South Atlantic Ocean, London 1855, p. 84 ff., und ausführlicher bei *Rosser*, Notes on the Physic. Geogr. and Meteorol. of the South Atlantic, London 1862, p. 102—4 mit Karte.

[2] Hydrographische Mittheilungen 1875, Nro. V Tabelle.

[3] *Peschel*, Probleme etc. S. 71. Man vergl. für das Folgende *Stieler*, Handatlas, Bl. 12 (neueste Auflage 1876).

an über die Azoren bis Island zu verfolgende Schwelle von wechselnder Breite, durch welche das „atlantische Thal" in eine westliche und östliche Mulde geschieden wird. Da der südliche Theil dieser Erhebung zuerst von dem amerikanischen Schiffe „Dolphin" (1854) durch das Loth erreicht worden ist, hat die ganze Schwelle nach dem Schiffe den Namen des *Dolphin rise* erhalten. Um Peschels Resultat einigermassen controliren zu können, haben wir nach den neueren Materialien folgende Profile zusammengestellt[1]):

1.	Island — Shetlandinseln — Norwegen	285	Faden,
2.	Hebriden — Cap Farewell	1050	„
3.	Scillyinseln — Davisstrasse	1460	„
(4.	Kabel Valencia — Neufoundland	1510	„)
5.	„ Brest — Neufoundlandbank	2010	„
6.	Bermudas — Madeira	2014	„
7.	St. Thomas — Canarien	2420	„
8.	Liberia — San Roque	2040	„
9.	St. Thomas — Bermudas	2498	„
10.	Bermudas — Halifax	2180	„

Man ersieht daraus, dass die mittlere Tiefe des Beckens 2500 Faden (4570 Meter) sicherlich nicht übersteigt, ja im Hinblick auf die Dolphinschwelle wie auf die geringen Tiefen des nördlicheren Theiles sind wir berechtigt, den Peschel'schen Werth als bestätigt anzunehmen und vielleicht, um eine runde Ziffer zu erhalten, auf 2100 Faden zu erhöhen.

Wir kommen also nach alledem zu der wichtigen Erkenntniss, dass der nordatlantische Ocean sowohl seiner vertikalen, wie horizontalen Gliederung wegen nur in geringem Grade einer Communikation mit den Nachbarmeeren fähig ist und besonders gegen das nördliche Eismeer sich sehr wenig aufgeschlossen erweist. Wir werden uns dieser Thatsache bei der Behandlung der Temperaturverhältnisse wohl zu erinnern haben.

---

[1]) Nro. 1 nach Stieler, Handatlas, Bl. 15; 2) und 5) ebenda Bl. 12; 3) „Valorous" Proceedings XX, p. 66; 4) nach Peschel, Probleme 71, 6)—10) nach den Lothungen des Challenger (Abstract of Deep Soundings obtained by W. M. S. Challenger, Capt. Nares 1873).

Ganz anders stellen sich alle Verhältnisse im s ü d a t -
l a n t i s c h e n O c e a n. Wir rechnen zu demselben alles Meer,
das zwischen jener Scheidelinie Monrovia — San Roque im Norden, dem Polarkreis im Süden, der amerikanischen Küste und
der Linie Cap Horn — Süd-Shetlandinseln im Westen, und der
afrikanischen Küste und dem Meridian des Nadelcap (20°
Ö. L. Gr.) gelegen ist. Die Gesammtfläche dieses Raumes
beträgt 792,630 Quadratmeilen, also 110,760 Quadratmeilen
mehr als der nordatlantische Ocean, während der Gesammtumfang desselben zu 3885 Meilen gefunden wurde, also 1035
Meilen weniger als beim nördlichen Becken. Es verhält sich
demnach der Umfang zum Areal wie 1 : 204, sodass also die
Gliederung des südlichen Theiles sich erheblich geringer erweist als im nordatlantischen Becken, was schon ein Blick auf
die Karte erwarten liess. Die einzelnen Stücke des Umfanges
setzen sich so zusammen:

Monrovia — Nadelcap . . . . . . 1015 Meilen,
San Roque — Cap Horn 1135   ,,
Nordküste von Palmers Land . . . 90   ,,

Festländische Grenzen . . . . 2240 Meilen,
San Roque — Monrovia 405   ,,
Cap Hornstrasse 130   ,,
80 Längengrade am südl. Polarkreis 488   ,,
41,3 Breitengrade am 20° Ö. L. . . 620   ,,

Ueber Meeresflächen gemessene
Grenzen . . . . 1645 Meilen = 43 %.
An Küsten gemessene Grenzen 2240   ,,   = 57 %.

Gesammtumfang . . . . 3885 Meilen =100 %.

Weit geöffnet gegen den Südpol ist also der südatlantische
Ocean auch mit dem indischen Meere auf eine weite Strecke
verbunden und durch die Caphornstrasse auch mit der Südsee im Verkehr. Ebenso sind die Seetiefen, soweit wir dieselben kennen, einer Communikation mit den Nachbarmeeren
nicht ungünstig. Für den centralen Theil haben wir die Lothungen von Capt. Nares von den Abrolhosinseln an der brasilianischen Küste über Tristan d'Acunha nach der Capstadt,

welche im Mittel 2230 Faden (4080 Meter) ergeben. Auch die Beobachtungen S. M. S. „Gazelle" liefern keinen höheren Werth[1]). Es wurden nemlich gelothet:

1874, August 13, 0° 56′ S. Br., 14° 23′ W. L. Gr. 1640 Faden
 „   „ 15, 4° 8′ „ „ 15° 4′ „ „ „ 2150 „
 „   „ 17, 7° 45′ „ „ 14° 43′ „ „ „ 2060 „
 „   „ 21, 6° 15′ „ „ 12° 0′ „ „ „ 1450 „
 „   „ 24, 4° 42′ „ „   7° 18′ „ „ „ 2325 „
 „   „ 31, 5° 4′ „ „   8° 57′ O. L. Gr. 1900 „
 „   Sept. 10, 10° 57′ „ „ 10° 33′ „ „ „ 2100 „
 „   „ 13, 15° 19′ „ „   6° 41· „ „ „ 2805 „
 „   „ 17, 24° 24′ „ „   0° 12′ „ „ „ 2825 „
 „   „ 21, 33° 28′ „ „   1° 9′ W. L. Gr. 1950 „

Ueberhaupt sind unsere Kenntnisse von dem Relief des südatlantischen Beckens noch sehr lückenhaft[2]) im Vergleich zu den zahlreichen Materialien für den nordatlantischen Ocean. Denn alle jene colossalen Tiefen, welche man auf den Karten, namentlich gegenüber der Mündung des Laplata[3]), eingetragen findet, werden jetzt allgemein und wohl mit Recht als apokryph betrachtet, da dieselben aus einer Zeit herrühren, in der man die Abtrift des Lothes durch submarine Strömungen nicht berücksichtigte. Aus den·wenigen Beobachtungen des „Challenger" und der „Gazelle" aber ein allgemeines Bild entwerfen zu wollen, wäre übereilt. So vermögen wir auch nicht einzusehen, warum Prof. Carpenter es so „sehr wahrscheinlich" findet[4]), dass die Bodenschwelle. auf welcher der Kegel von Tristan d'Acunha liegt, sich nördlich über St. Helena und

---

[1]) Hydrograph. Mittheilungen 1875, Nro. 5, Beilage I.

[2]) Vergl. das Verzeichniss der Seetiefen bei *Rosser*, Notes on the Physical Geography etc. of the South Atlantic, p. 69. Es sind 40 Lothungen, darunter 23 ohne erreichten Grund, und nur 16 südlich von der Breite des Cap San Roque.

[3]) *Parker* (unter 35° 35′ S. B., 45° 10′ W. L. Gr.) 8300 ohne Grund zu finden (= 15,000 Meter) und *Denham* (unter 36° 49′ S., 37° 6′ W.) 7076 Faden (= 12930 Meter), nach Rosser a. a. O.

[4]) Proceedings of the Royal Geogr. Soc. XVIII, 1874, p. 361, § 97.

Ascension zur St. Paulsschwelle und zum *Dolphin rise* fortsetze und so auch den südatlantischen Ocean in ein östliches und westliches Bassin theile.

Fassen wir das Gesagte kurz zusammen, so finden wir, dass der südatlantische Ocean bei Weitem besser mit seinen Nachbarmeeren verkehren kann als das nordatlantische Becken, namentlich, dass derselbe den Einwirkungen des südlichen Eismeeres vollständig ausgesetzt ist.

Wir glauben in dem oben erwähnten Procentverhältniss der Breite der grossen Meeresstrassen an dem Gesammtumfange eines Oceanes einen mathematischen Ausdruck für dessen Communikationsfähigkeit gewonnen zu haben. Nennen wir dieses Verhältniss die „mittlere oceanische Zugänglichkeit, so beträgt dieselbe beim nordatlantischen Meere 15 $^0/_0$, beim südatlantischen dagegen 43 $^0/_0$ des Gesammtumfanges. Zweckmässig werden wir eine polare und eine äquatoriale Zugänglichkeit auseinanderhalten: die polare ergiebt sich beim nordatlantischen Becken zu 6.5 $^0/_0$, beim südlichen zu 33 $^0/_0$, die äquatoriale dagegen beim nördlichen zu 8.5 $^0/_0$, beim südlichen zu 10 $^0/_0$ (immer vom Gesammtumfange). Doch bezieht sich jener Ausdruck nur auf die Oberflächengliederung und enthält nichts über die Tiefenverhältnisse. Um dem abzuhelfen, vergleichen wir die mittlere Tiefe der Meeresstrassen mit der mittleren Tiefe des ganzen Beckens. Für den nordatlantischen Ocean berechnen wir so als „mittlere Zugangstiefe" 1525 Faden = 73,5 $^0/_0$ der mittleren Beckentiefe, und zwar für die polaren Zugänge allein 990 Faden = 48 $^0/_0$ der Beckentiefe — abermals eine Bestätigung unserer Ansicht über die Hauptcommunikationsrichtung des nordatlantischen Oceans. Für das südatlantische Meer vermögen wir, wie bemerkt, derartige Berechnungen noch nicht auszuführen.

§ 2.

Ueberblick über die Strömungen des atlantischen Oceans.

Nachdem wir so in grossen Zügen gewissermassen den festen Behälter des Meeres zu charakterisiren versucht, wenden wir uns nunmehr an die Betrachtung des flüssigen Inhalts, des Meeres selbst und zwar vorerst seiner Strömungserscheinungen, deren Kenntniss für die richtige Beurtheilung der Temperaturverbreitung, der vertikalen sowohl wie der horizontalen, nothwendig erscheint. Wir wollen im Folgenden nur die Thatsachen aufführen und kritisch zu sichten versuchen, die allgemeine Theorie aber auf später versparen.

Zu beiden Seiten des Aequators zeigen die Karten zwei breite westlich gerichtete Strömungen und zwischen beiden eine nach Osten strebende, die Guineaströmung. Verfolgen wir zunächst die nördliche Aequatorialströmung. Verstärkt durch den von der Küste Brasiliens abgelenkten Arm der südlichen Aequatorialströmung tritt dieselbe an die Antillen und dringt durch dieselben wie durch ein Gehege in die caribische See, die gleichnamige Strömung erzeugend. Ein anderer, kleinerer Theil aber, abgelenkt durch die nach Westen umbiegende Inselreihe, läuft nördlich an dieser entlang. Derselbe ist auf unseren Karten gewöhnlich nicht eingetragen, obwohl Irminger dessen grosse Tiefe durch zwei Beobachtungen an derselben Stelle erwiesen hat [1]. Die Temperaturverhältnisse erfordern die Existenz einer solchen Strömung durchaus [2] und in der That wird diese auf den Karten des Meteorological Office durch mehr als 20 Beobachtungen gesichert (vgl. Currents and Surface Temperatures of the North Atlantic Ocean, London 1872, General Current Chart). Wir wollen diese Strömung „Antillenströmung" nennen und werden derselben im Folgenden noch öfter begegnen. Die Caribenströmung ihrerseits tritt

---

[1] Zeitschrift für allgemeine Erdkunde N. F. III, 1854, S. 172 f. Unter 25° 4' NB. 65° 14' W. Gr. fand er in 2934 Fuss (= 490 Faden) Tiefe mit Aimé's submarinem Stromweiser beide Male eine nordwestliche Strömung. Die Beschreibung dieses vortrefflichen, aber viel zu wenig bekannten und angewandten Instrumentes vergl. Annales de Chimie et de Physique, 3me Sér. tome XIII, 1845, p. 461.

[2] *Maury*, Physical Geogr. of the Sea p. 47, 49 und 50 (Bermudas) und *Mühry*, Ueber die Lehre von den Meeresströmungen S. 18 (Bahamainseln).

in den Golf von Mexico ein und denselben umkreisend drängt
sie sich durch die Enge zwischen der Bahamabank und der
Halbinsel Florida als sogenannter „Floridastrom" hinaus.
Gewöhnlich nennen unsre Karten und Bücher diese Strömung
den „Golfstrom". Allein da mit diesem Namen in den
letzten Jahren so viel Unfug getrieben worden, dass, wie
Carpenter gesteht [1]), selten zwei Forscher mit demselben Worte
dasselbe Ding meinten, nennen wir nach Petermann's gewich-
tigem Vorschlage [2]) jenen Riesenfluss des Meeres im Folgenden stets „Floridastrom". Unter „Golfstrom" dagegen ver-
stehen wir das warme Wasser, welches sich vom 40° W. L.
an nach Nordosten bewegt. Es ist dieses warme Wasser die
Fortsetzung der Antillenströmung, welche von dem viel mehr
in die Augen springenden Floridastrom überlagert und ver-
deckt wird. Der Floridastrom selbst hat, wie schon 1870
Petermanns treffliche Karten erwiesen [3]), unter dem 40. Längengrade W. Gr. bereits sein Ende gefunden — eine Thatsache,
die schon längst durch die Untersuchungen der United States
Coast Survey wahrscheinlich gemacht war wegen der geringen
Tiefe, welche der Strom thermisch wie mechanisch zeigte.
Neuerdings ist diese Sachlage durch die Lothungen der
„Challenger"-Expedition ein für alle Mal entschieden. Capt.
Nares [4]) wies dem Strom ein Delta nach, zeigte, dass derselbe
nirgends tiefer sei als 100 Faden, aber dass unter ihm eine
langsamer bewegte, aber viel mächtigere Schicht von zwar
weniger warmem, aber nicht kaltem Wasser sich befinde —
unsre Antillenströmung. Man vergleiche hierzu die Profile in
Petermann's Mittheilungen 1874, Tafel 15 (New-York-Halifax-
Bermudas), und Proceedings etc. XVIII, 1874, p. 356, Sect. III
und IV, wobei auf den Verlauf der submarinen Isotherme von

---

[1]) Proceedings of the Royal Geogr. Society XVIII, 1874, p. 367.

[2]) *Petermanns* Mittheilungen 1870, S. 202.

[3]) a. a. O., Taf. 12 u. 13. (Taf. 12 die Isotherme von 20° R.).

[4]) *Challenger*. Report of Capt. Nares with abstract of soundings
and diagrams of Ocean Temperature in North and South Atlantic Oceans
1873, p. 7, § 17.

50⁰ F. (= 10⁰ C. = 8⁰ R.) besonders zu achten ist. — Der
Floridastrom selbst bewegt sich genau parallel der Hundertfaden-
linie[1]) nach Norden und Nordosten, während zwischen seinem
Westrande und der Festlandküste eine kalte Strömung nach
Süden fliesst — die Labradorströmung. Diese entsteht durch
Vereinigung der von Spitzbergen her und durch die Dänemark-
strasse an Ostgrönland vorbeikommenden Grönlandströ-
mung und der am Westufer der Baffinsbay wie der Davisstrasse nachgewiesenen kalten, südlich gerichteten Strömung
(Davis Current Rennells). — Antillenströmung sammt dem
Floridastrom auf ihrem Rücken werden durch die östlich vor-
springende Küste von ihrer nordnordöstlichen Richtung ab-
gedrängt. An der Neufoundlandbank angelangt aber breiten
sich ihre Gewässer als Golfstrom fächerförmig aus. Ein
Hauptarm geht zwischen Island und den schottischen Inseln
an Norwegens Fjordenküste entlang ins nördliche Eismeer.
Ein kleinerer Ast tritt in die Davisstrasse ein, um die Westküste Grönlands zu erwärmen, und ist bis in den Smithsund
hinein nachgewiesen. Ein anderer grösserer Theil wendet sich
nach Osten an die portugiesischen und spanischen Küsten und
wird durch dieselben nach Süden gebogen, wo er zunächst in die
nordafrikanische Strömung und mit dieser bei den
Capverde'schen Inseln in die nördliche Aequatorialströmung eintritt. Wie weiter unten nachgewiesen werden soll, ist diese Strömung (deren schlecht gewählter Name vielleicht mit „Cana-
rienströmung" zu ersetzen wäre) etwas ganz anderes
als die Guineaströmung, mit welcher sie immer auf den Karten verbunden wird.

Es bewegt sich also im nordatlantischen Becken ein in sich
zurücklaufender Kranz von Meeresströmungen. In der Mitte
des Zirkels befindet sich die mit verschiedenen Tangarten
erfüllte „Sargassosee".

Die südliche Aequatorialströmung wird durch das
Osthorn Brasiliens in zwei Theile zerspalten: der nordwestlich
abgelenkte verbindet sich mit der nördlichen Aequatorial-

---

[1]) Vgl. die Karte bei *Kohl*, Geschichte des Golfstroms S. 182.

strömung, während der zweite als Brasilienströmung an der ganzen Ostküste Südamerika's entlang nach Süden geht[1]). Dieselbe tritt zwischen Staten-Eiland und den Falkland-inseln unter die von Westen her durch die Caphornstrasse einbrechende Caphornströmung[2]), macht sich aber weiter im Südosten anscheinend wieder bemerklich. Morrell und Weddell trafen auf ihren Reisen im Februar und März 1823 ein eisfreies Meer, das auf Petermann's Südpolarkarte (Stieler, Handatlas, Bl. 11) den Namen „Georgs IV. Meer" trägt. — Die Karten zeigen gewöhnlich eine von der Brasilienströmung sich abzweigende „Verbindungströmung". Rennell hat dieselbe zuerst eingezeichnet[3]) und, wie alle anderen Meeres-strömungen, dem Einflusse des vorherrschenden Windes, also in diesen Breiten der Westwinde zugeschrieben. Die Gegner dieser Theorie hielten diese Strömung jedoch als Zweig der Brasilienströmung fest und suchten dieselbe durch „Aspiration" nach der südafrikanischen Strömung hin zu erklären[4]): — eine Annahme, die eine sehr starke Aspiration voraussetzt. Diese ist aber überhaupt nicht vorhanden, denn die süd-afrikanische Strömung bezieht ihren Wasserbedarf von jenem kalten, vom Südpol her gegen die Südspitze Afrika's heran-rückenden Strome, welcher die Agulhasströmung nach Südosten zurückwirft. Jenes Compensationsbedürfniss liegt also gar nicht vor, und da auch jedes mechanische Hinderniss fehlt, durch welches die Brasilienströmung so getheilt werden könnte, haben wir in jener „Verbindungsströmung" wohl nichts an-deres zu sehen, als eine Westwindtrift, wie Rennell ursprüng-lich wollte, zumal der Stromgang nur als ein sehr schwacher

---

[1]) In den Monaten Mai bis September tritt an der brasil. Küste oft schon vom Laplata an bis zum Cap San Roque eine nördliche und nord-östliche Gegenströmung auf — wahrscheinlich nur innerhalb der 100 Fadenlinie.

[2]) Wahrscheinlich nur Windtrift, vergl. *Mühry*, Peterm. Mittheil. 1872, S. 126 ff.

[3]) *Rennell*, Investigation of the Currents of the Atlantic Ocean. London 1832, p. 42 u. 138 ff.

[4]) *Mühry*, Lehre v. d. Meeresstr. S. 18.

bezeichnet wird [1]). Jene kalte Strömung vom Südpol her erkennen wir am Verlaufe der Oberflächenisothermen im Südwesten des Caplands. Dieselbe geht, wie gesagt, über in die kalte südafrikanische Strömung, welche passender „Benguelaströmung" zu nennen wäre (ganz zu verwerfen ist „südatlantische Strömung"), und tritt im weiteren Verlaufe in die südliche Aequatorialströmung ein.

So bewegt sich auch im südatlantischen Ocean ein Ring von Strömungen zwischen Aequator und Polarkreis, welcher aber einen ungleich grösseren Kreis durchläuft als im nordatlantischen Becken. Auch der mit Seetang erfüllte Raum in der Mitte des Zirkels scheint nicht zu fehlen.

§ 3.

Horizontale und vertikale Temperaturvertheilung.

Wir wenden uns nun zu der Betrachtung der Oberflächentemperaturen in beiden Oceanen. Um uns den Ueberblick zu erleichtern, haben wir zwei Karten entworfen (Tafel II), welche die Isothermen an der Oberfläche der beiden Meeresbecken während zweier Monate des Jahres zeigen. Wir haben hierzu nach Maury's Vorgange [2]) den März und September gewählt. In diesen Monaten nemlich hat die Sonne ihren Weg über eine Hemisphäre vollendet und dort ihre Wärme aufgespeichert, während unterdessen die andere Hemisphäre die im Laufe der vorjährigen Sommerhitze empfangene Wärme wieder abgegeben hat. Beide Karten zeigen uns also den Wärmevorrath, welchen die Oceane in den Sommer resp. den Winter der Hemisphäre mitbringen. Ausserdem repräsentiren gerade für die äquatorialen Breiten

---

[1]) *A. Findlay*, Sailing Directory for the Ethiopic or Southern Atlantic Ocean. London 1855, p. 33, bemerkt sehr richtig, dass dieser Theil des Oceanes noch wenig erforscht ist. Auch Nares scheint den Strömungsverhältnissen hier seine besondere Sorgfalt nicht zugewendet zu haben. — Uebrigens scheint auch *Maury* jene „Verbindungsströmung" nicht anerkannt zu haben, s. Physical Geogr. of the Sea. Tafel IX.

[2]) *Maury*, Physical Geogr. of the Sea (11th ed. 1874), p. 383 und ·Plate IV.

jene Monate die beiden Extreme, nemlich der März das Wärmemaximum, der September das Minimum.

Als Quellen für diese Karten haben wir benutzt:

1. Currents and Surface Temperatures of the North Atlantic Ocean from the Equator to lat. 40° N., publ. by the Authority of the Meteorological Committee (Nro. 12), London 1872. Mittelwerthe von Stromrichtung, Stromstärke und Oberflächentemperaturen (Fahrenh.) für Trapeze von $2^1/_2$° Länge und Breite; 12 Monate und Uebersichtskarte der Strömungen. Im Text sind Andrau's Mittelzahlen (Onderzoekingen met den zeethermometer 1861) für Vierecke von 1° Breite und 5° Länge in Fahrenh. reducirt abgedruckt (p. 36—47).

2. Cornelissen, Temperatuur van het zeewater aan de Oppervlaagte van het gedeelte van den Noorder Atlantischen Ocean gelegen tuschen 30°—52° N. B. en 0°—50° Wester lengte. Utrecht 1873. Temperaturmittel (Cels.) für Trapeze von 1° Länge und Breite; alle 12 Monate.

3. Charts showing the Surface Temperatures of the South Atlantic Ocean in each Month of the Year (Meteorological Committee Nro. 4). London 1869. Andrau's Mittelzahlen für Vierecke von 1° Br. und 5° L., dazu Durchschnittswerthe für Trapeze von 5° Länge und Breite nach englischen Erhebungen. 12 Monate.

4. C. Koldewey, Oberflächentemperaturen in den Aequatorialgegenden des Atlantischen Oceans (Mittheilung von der deutschen Seewarte), in den „Annalen der Hydrographie" 1875, Nr. 11 und 12, S. 217 bis 220. Mittelzahlen für Trapeze von 2° Breite und 5° Länge. 12 Monate und Jahresmittel der Zonen. Zwar nur für die Breiten zwischen 10° N. und S., aber ganz vorzügliches Material.

5. Maury, Wind and Current Charts of the North and South Atlantic Oceans, Thermal Sheets; nur für die Südspitze von Amerika benutzt, sonst von den vorbenannten Materialien völlig überholt.

6. A. Petermann, der Golfstrom im Sommer und Winter. Geogr. Mittheilungen 1870, Taf. XII und XIII. Von 50° N. Br. an unsere einzige Quelle.

Die unter 2) und 5) aufgeführten Werke wurden mir von Herrn Prof. Petermann in Gotha freundlichst zur Verfügung gestellt.

Werfen wir nunmehr einen Blick auf die Karten selbst. Man sieht sofort die Einwirkung der am Ostrande der Oceane vom Pole zum Aequator ziehenden kalten, und am Westrande von da zurückkehrenden warmen Strömungen, besonders deutlich im südatlantischen Oceane. Im nordatlantischen Becken zeigt sich der erwärmende Einfluss der Florida- und Antillenströmung sehr deutlich. Die Existenz der letzteren erkennen wir am Verlaufe der 24° Isotherme im März.

Ueberhitzt erscheint im September der westliche Theil des nordatlantischen Beckens: — der Erfolg seiner reichlichen Gliederung! Hierher, in das Caribische Meer, den mexikanischen Golf und jene grosse Bucht zwischen den Antillen und der Küste der Vereinigten Staaten, werfen beide Aequatorialströmungen ihre andauernd erwärmten Gewässer, wo dieselben dann zum Abbiegen nach Norden veranlasst werden. Die Erwärmung ist eine sehr tief gehende, wie die senkrechte Temperaturvertheilung sehr klar bezeugt[1]). Diese durchgewärmten Gewässer werden, wie wir schon oben gesehen haben, abgelenkt durch die amerikanische Küste, an die Westküsten Europa's getrieben und ihr klimatischer Einfluss ist von Petermann bis nach Spitzbergen hin nachgewiesen. — Während im September das Maximum der Erwärmung im Golf von Mexico liegt, zeigt sich dasselbe während des März im Meerbusen von Guinea und zwar auf einem Gebiete, das den Umrissen der Guineaströmung in jenem Monate nahezu entspricht. Dieser Verschiebung der Maxima gemäss ist auch der Verlauf des thermischen Aequators in beiden Monaten ein grundverschiedener. Im März nemlich verläuft derselbe etwa vom Cap San Roque (5° S. B.) in grader Linie nordöstlich bis 2° N. B. und 20° W. L. Gr. und von da unter derselben nördlichen Breite (2°) zur Prinzeninsel und Coriscobai an der afrikanischen Küste. Ganz anders dagegen im September. Beginnen wir diesmal im Osten an der Mandingoküste, so zieht sich der Wärmegleicher von 9° N. Br. in grader Linie westlich hin bis zum 50° Meridian; von hier aber verläuft er an der westindischen Inselreihe entlang nach Nordwesten bis in die Floridastrasse und von da im Bogen nach Südwesten auf die mexikanische Küste zu, dabei mit dem 25. Grad seine nördlichste Breite erreichend. Man sieht hier wiederum deutlich, in wie hohem Grade das nordatlantische Becken erwärmungsfähig ist. Als mittlerer thermischer Aequator würde sich aus diesen beiden Extremen für den Raum der central-

---

[1]) Proceedings of R. G. S. XVIII, 1874, S. 356, Sect. II und III; Petermann, Mittheilungen 1874, Taf. 15. Verlauf der 50° F. Isotherme.

atlantischen Verengung etwa der fünfte Grad N. B. ergeben, was mit A. Mühry's neuerdings ermitteltem Werthe[1]), nemlich 4—6° N. B. zwischen 20 und 30° W. Gr., vollkommen übereinstimmt. — Eigenthümlich ist der Verlauf der Isothermen in der Mitte des südatlantischen Oceans. Die Curven sind Stücke von Parabeln oder Ellipsen, deren Axe mit jener des Passates genau zusammenfällt. Man erkennt also, wie der Südostpassat von der Benguelaströmung her einen „Kälteschatten" über den südatlantischen Ocean wirft, ebenso wie der Südwestwind von den warmen Gewässern des Golfstroms her seinen „Wärmeschatten" über Europa breitet. Weniger ausgeprägt, wenn auch erkennbar, ist der Kälteschatten des Nordostpassates im nordatlantischen Ocean.

Ueber die vertikale Temperaturvertheilung im atlantischen Becken sind erst in den jüngsten Tagen systematische Forschungen angestellt worden. Alle älteren Untersuchungen sind mehr oder weniger mangelhaft[2]). Schon Johann Reinhold Forster, auf Cooks zweiter Reise, hat die Temperaturen der Seetiefen zu messen gesucht, jedoch nur bis 100 Faden herab. Caspar Horner, Krusensterns Astronom auf dessen Weltumsegelung 1803—1806, senkte die Thermometer schon in grössere Tiefen und glaubte aus seinen Messungen auf eine unveränderte Temperatur in den unteren Regionen aller Meere schliessen zu dürfen[3]). Doch ihre Instrumente lieferten zu hohe Werthe, da sie gegen den Druck der Wassermassen nicht geschützt waren. Lenz, auf Kotzebue's zweiter Reise, suchte zuerst durch eine allerdings sehr unhandlich construirte Vorrichtung diesen Druck zu eliminiren[4]), doch überschritten seine Instrumente nur einmal die Tiefe von 900 Toisen (= 960 Faden) und zwar in der Südsee unter 21° 14′ N. B., 193° 1′ W. Gr., wo er + 2.44° R. (= 3.05° C.)

---

[1]) Zeitschr. d. Oester. Ges. für Meteorol. XI, 1876, S. 167.

[2]) Vgl. *Peschel*, Geschichte d. Erdkunde S. 637 f.

[3]) *J. A. v. Krusenstern*, Reise um die Welt. St. Petersburg 1812, Bd. III, S. 144.

[4]) *Poggendorff's* Annalen Bd. XX, S. 119 ff.

fand. Freilich reichte die Zahl seiner eigenen Beobachtungen nicht aus, um Folgerungen daran zu knüpfen. Später aber hat er dieselben mit den Lothungen Kotzebue's auf dessen erster Reise (Schiff Rurik) combinirt [1]) und daraus erkannt, dass das Meerwasser unter dem Aequator eine aufsteigende Bewegung haben müsse, da die Thermometer bei gleicher Tiefe unter den Wendekreisen eine höhere Temperatur zeigten als unter dem Aequator, während die Oberflächentemperaturen sich umgekehrt verhielten. Zu demselben Resultate war auch Arago schon 1836 gelangt, als er die Lothungen von Du Petit Thouars (an Bord der „Venus") zusammenstellte und durch die niedrigen Temperaturen (2.8^0 bis 2.5^0 C.) der grössten Tiefen aufmerksam gemacht wurde. „Diese eisige Temperatur des Meerwassers", sagt Humboldt, „herrscht auch in der Tiefe der Tropenmeere: und ihre Existenz hat zuerst auf die Kenntniss der unteren Polarströme geleitet, die von den beiden Polen gegen den Aequator hin gerichtet sind. Ohne diese unterseeische Zuströmung würden die Tropenmeere in jenen Abgründen nur diejenige Temperatur haben können, welche dem Maximum der Kälte gleich ist, die örtlich die herabsinkenden Wassertheilchen an der wärmestrahlenden und durch Luftcontakt erkälteten Oberfläche im Tropenklima erlangen [2])." Obwohl diese Vorstellung so einfach, der Schluss durchaus zwingend ist und von einer damals unbestrittenen Autorität zu dem ihrigen gemacht wurde, erlangten doch die mit den schlecht geschützten Sixthermometern [3]) angestellten Messungen von Ross auf seiner Reise nach dem Südpol allgemeinere Geltung: dieselben hatten angeblich von einer bestimmten Tiefe ab in allen Meeren eine constante Temperatur von $+ 4^0$ C. ergeben. Diese falschen Ansichten beherrschten die wissenschaftliche

---

[1]) Bull. physico-math. de l'Ac. imp. de St. Petersbourg. Tome V, 1847, p. 65—70.

[2]) Kosmos I, 322.

[3]) Vgl. die Beschreibg. desselben E. E. Schmid, Meteorologie, S. 69.

Welt durchaus bis in die jüngste Vergangenheit hinein. Es
blieb unbeachtet, dass die Officiere der *United States Coast
Survey* fast alljährlich mit ihren verbesserten Instrumenten
viel niedrigere Wärmegrade constatirten [1]), erst nachdem englische Gelehrte ursprünglich zu zoologischen Zwecken an Bord
der „Lightning" 1868 den Meeresboden zwischen den Färöer
Inseln und Schottland, und auf der „Porcupine" 1869 das
Meer westlich von Irland durchforschten, wurde die Unwahr-
heit jener Ross'schen Behauptung endgültig erwiesen. Erst
seit dem Jahre 1869, als W. Carpenter und Wyville Thomson
an Bord der Porcupine die ersten Temperaturserien beobachteten, indem sie Thermometer in je 100 Faden Abstand an
der Lothleine befestigten, kann man von einer systematischen
Untersuchung der Wärmeschichten des Meeres, von einer
„thermischen Stratigraphie der Oceane" sprechen,
zu deren wissenschaftlichem Ausbau durch die neueren Expeditionen der „Porcupine" in den spanischen und mittelländi-
schen Gewässern, sowie des „Challenger" (1873—76) und des
deutschen Kriegsschiffes „Gazelle" aus allen Oceanen die ersten
brauchbaren Materialien geliefert sind. Doch sind die von
diesen Expeditionen benutzten Tiefseethermometer von Miller-
Casella nicht im Stande anzugeben, ob etwa eine wärmere
Schicht unter einer kälteren lagert, was immerhin noch als
ein grosser Mangel aufzufassen ist [3]). Dagegen sind die Thermometer der „Challengerexpedition" vorher durch eine hydrau-
lische Prüfungspresse auf den Effect des Wasserdruckes bei
jeder beliebigen Tiefe untersucht und jedes Instrument mit
einer Correktionstabelle versehen worden; ob ein Gleiches
für die Tiefseethermometer der „Gazelle" geschehen, ist uns
unbekannt.

Die Tiefsee-Lothungen des „Challenger" und der „Ga-

---

[1]) *Kohl*, Geschichte des Golfstroms, S. 211.

[2]) Proceedings of the Royal Society of London 1869 (November),
p. 430 ff.

[3]) Challenger, Report of Capt. Nares, R. N. with abstract of soun-
dary and diagrams of Ocean Temperature in North and South Atlantic
Oceans. London 1873. p. 2, § 14.

zelle" haben nun zunächst festgestellt, dass die von der Sonne unmittelbar erwärmte Schicht nur sehr flach ist und 60—80 Faden nie übersteigt[1]). Die Abnahme der Temperatur mit der Tiefe stellte sich unter den verschiedenen Breiten sehr verschieden. heraus, besonders musste die schnelle Abnahme unter dem Aequator auffallen, wie schon Lenz dieselbe constatirt hatte. Am Besten können wir uns die Art der Temperaturabnahme durch Kurven darstellen, zu deren Ermittelung die Seetiefen auf der Abscissenaxe, die Temperaturen auf der Ordinatenaxe eingetragen sind (vgl. Taf. II). Wir sehen dann obige Behauptung glänzend bestätigt, denn selbst im südatlantischen Ocean unter einer Breite von 36° S., welche der Aequatorialgrenze des Treibeises entspricht, ist die Temperaturabnahme allmählicher als unter dem Aequator. Von einer bestimmten Tiefe ab, wenn 3 bis 4° C. erreicht sind, sinkt in allen drei Fällen die Temperatur fast unmerklich, jedoch sind bei den Tiefen über 2000 Faden noch recht geringe Temperaturen constatirt. Diese Bodentemperaturen sind in den Oceanen ganz unabhängig von den Oberflächentemperaturen. Nares fand unter der kühlen Strömung an der afrikanischen Küste stets über 35° F. (= 1.7° C., v. Schleinitz meist 2.3° C.) und unter jener warmen Antillensee durchgängig weniger als 35° F. Letztere eisigen Bodentemperaturen sind anscheinend mit dem an der Guyanaküste entlang gehenden Arme der südlichen Aequatorialströmung bis hierher gelangt, also vielleicht antarktischer Herkunft; zum Theil aber stammen sie auch wohl aus dem Norden, denn unter dem Floridastrom südlich Halifax hat Nares ebenfalls 34° F. (= 1.11° C.) als Bodentemperatur gelothet, in diesem Falle also in dem Labradorstrome, der über der Neufoundlandbank unter den Golfstrom taucht. — Die Bodentemperaturen des südatlantischen Oceans wurden von Nares durchweg geringer

---

[1]) a. a. O. p. 4, § 13; Zeitschr. d. Ges. f. Erdkunde zu Berlin X, 1875, S. 135, u. für das Folgende *Petermann*, Mitth. 1873, S. 468 ff. und 1874 S. 290 ff. Proceedings of the R. Geogr. Soc. XVIII, 1874, p. 354 ff. Hydrographische Mittheilungen 1875, Nr. V.

gefunden als die auf der nördlichen Hemisphäre, nemlich meist 33° F. (= 0.56° C.). Es communicirt dieser Ocean aber auch, wie oben gezeigt worden, leicht und bequem mit den antarktischen Gewässern. Capitän v. Schleinitz lothete auch hier höhere Temperaturen als Nares, nemlich zwischen 2.3° bis 2.1° C., obwohl keineswegs in sehr verschiedenen Jahreszeiten (Nares October 1873, Schleinitz September 1874). — Schon jene graphische Darstellung lässt erkennen, dass der nordatlantische Ocean einen bei Weitem grösseren Wärmevorrath in sich birgt als sein südlicher Nachbar. Es finden sich unter $37\frac{1}{2}$° N. Br. bei 400 Faden Tiefe noch Wärmegrade, welche unter gleicher südlicher Breite ebenso wie unter dem Aequator bei 100 Faden kaum noch anzutreffen sind. Ebenso überzeugt uns davon die Lage der „submarinen Isotherme"[1] von 10° C. (50° F. = 8° R.) in den verschiedenen nördlichen und südlichen Breiten. Wir finden diese Temperatur

N. Br. $37\frac{1}{2}$° u. $41\frac{1}{2}$° W. L. in einer Tiefe v. 460 Faden (Nares)
    „ 21°,   48°   „   „   360   „   „
Aequator 0°,   30°   „   „   130   „   „
  S. Br. $24\frac{1}{2}$°,   0° 12′ Ö. L.   „   240   Schleinitz
    „ 36°,   3°   .„   „ •   210   „   Nares.

Die Gründe für diese höheren Temperaturen des nördlichen Beckens liegen in seinen morphologischen Eigenschaften, zunächst in der geringen polaren Zugänglichkeit und der geringen Zugangstiefe desselben, welche Wärme conservirend wirken müssen, und nicht minder in dem eigenthümlichen Vorsprunge des nordamerikanischen Festlands, welcher die warmen Golfstromgewässer zum Theil nach Osten ablenkt und an die europäischen Küsten wirft, wo sie nach Süden geleitet werden und so verhindert sind, die kalten Polarräume aufzusuchen, bevor sie wieder in äquatoriale Räume zurückkehren; der thermische Kreislauf ist also hier ein unvollkommener[2].

---

[1] Dieser von Lenz zuerst gebrauchte Ausdruck ist entschieden besser als die „bathometrical isotherms" der Engländer.

[2] Eine eingehendere ganz vorzügliche Darstellung der thermischen

§ 4.

Die äquatorialen Meeresströmungen im atlantischen Ocean.

Ueber die äquatorialen Strömungen des atlantischen Meeres besitzen wir eine vortreffliche Arbeit von C. Koldewey in den Annalen der Hydrographie, 1875, S. 133 bis 141 und 166—171, welche unsrer folgenden Darstellung wie den Karten im Wesentlichen zu Grunde liegt. Zu denselben hat Koldewey neben den englischen Publikationen eine Menge Originalmaterialien aus den Wetterbüchern der deutschen Seewarte benutzt. Sehr werthvoll ist auch die Publikation des Meteorological Office: Currents and Surface Temperatures of the North Atlantic etc.

„Alle diese Materialien," sagt Koldewey, „zeigen uns auf den ersten Blick, dass die Strömungen nicht allein von Monat zu Monat in Richtung und Stärke sich periodisch verschieben, sondern überhaupt in einem bestimmten Monat in verschiedenen Jahren verschieden beobachtet worden, also nichts weniger als constant sind, obgleich die in den Karten dargestellten beiden Hauptrichtungen, wenn auch nicht in derselben Ausdehnung, überall unverkennbar hervortreten." Es kann also hier nur unsre Aufgabe sein, die drei Strömungen in ihren Hauptzügen vorzuführen, die Untersuchung der lokalen Störungen und Unregelmässigkeiten einer besser unterrichteten Zeit überlassend.

Die äquatorialen Meeresströmungen sind von den verschiedenen Darstellern sehr verschieden gezeichnet worden. Athanasius Kircher, dem wir die erste Karte der Meeresströmungen[1]), und damit das erste physikalische Weltgemälde überhaupt verdanken, lässt eine grosse Meeresströmung von der Westküste Afrikas am Aequator entlang

---

Stratigraphie beider Oceane hat W. Carpenter in den Proceedings of the Roy. Geogr. Soc. XVIII, p. 354—384 geliefert.

[1]) Ath. Kircheri Mundus subterraneus, Ed. tert. Amstelod. 1678, Tom. I, p. 134.

sich nach Westen bewegen, beim Osthorn Brasiliens sich in einen nordwestlichen und südwestlichen Arm spalten, ersteren in die Caribische See eintreten und durch die Bimini-Engen als Floridastrom wieder hinauseilen [1]); auch eine Antillen- strömung nördlich der westindischen Inselguirlande ist, soweit die unklare Zeichenmethode Kircher's das erlaubt, zu er- kennen. Sehr deutlich aber lässt er die Brasilienströmung nach Osten umbiegen und bei St. Helena in einem seiner fingirten Strudel enden. Nichts findet sich von einer nörd- lichen Aequatorialströmung, nichts von einer Guineaströmung. Was 150 Jahre später James Rennell [2]) auf seiner *Index map* von der südlichen Aequatorialströmung einzeichnete, ist keineswegs viel besser. Wir dürfen sogar behaupten, dass der gelehrte Jesuit die nordwestliche Abzweigung der Aequa- torialströmung entschieden richtiger eingezeichnet hat, als der vielgepriesene Rennell [3]). Dieser nemlich führt einen Theil seines *Main Equatorial Current* schon in der Mitte der cen- tralatlantischen Verengung (30° W. L. Gr.) nach Nordwesten und Norden und lässt ihn schliesslich in der *„Seaweed“*, sei- nem grossen „Recipienten“, der auch den *„Gulfstream“* schluckt, einfach verschwinden. Von einer nördlichen Aequatorialströ- mung hat Rennell nichts eingezeichnet, und was er von der Guineaströmung einzeichnete, ist falsch und beruht auf einem Missverständniss seiner Quellen. Er führte nemlich die nord- afrikanische Strömung an der Küste entlang nach Süden und Osten in die Bucht von Benin, wo er die so entstandene Guinea- strömung eines „natürlichen Todes verscheiden“ lässt [4]). Eine

---

[1]) Wir müssen dies *Peschel* (Geschichte der Erdkunde S. 641, Anm. 1) gegenüber aufrecht erhalten.

[2]) *Rennell*, Investigation of the Currents of the Atlantic Ocean. London 1832.

[3]) *Rennells* grosses Verdienst besteht in seiner exakten Methode, wie die Methode immer höher gelten muss als das Resultat. In seinen Karten erblicken wir die frühesten Versuche einer **maritimen Stati- stik**, welche durch *Maury* die erste Vervollkommnung fand und durch *Fitzroy* der praktischen Nautik völlig dienstbar gemacht worden ist.

[4]) „The Guinea Current seems at common times to disperse itself in the wide space formed by the two great Bays of Benin and Biafra,

Zählung nun der Einzelbeobachtungen auf seiner grossen Spe-
cialkarte, Bl. 2, ergab für den Raum zwischen dem 40. und
10. Längengrade und 20. bis 5. Breitengrade folgende Ziffern:

	40 – 35	35 – 30	30 – 25	25 – 20	20 – 15	15 – 10
20 – 15	9 NW 8 SW u. W	31 W 3 N 6 S 2 O	23 W u. SW 7 N 6 O	14 W u. SW 6 N u. NO 6 S u. SO	8 S u. SW	Land
15 – 10	5 W 1 S 1 O	12 W u. SW 8 NW 5 O	35 W u. SW 4 N u. NW 10 O u. S	22 W u. SW 6 O u. SO 3 N	8 NO 4 SO 7 S u. SW	Land
10 – 5	?	4 SW 3 NW 3 NO	11 NW 18 SW 13 O	12 W u. SW 6 N u. NW 25 O 11 NO	5 W 16 SO u. S 16 O 20 NO u. N	11 O u. SO 10 N u. NO 5 S 1 W

Ein Blick auf die sechs Vierecke zwischen dem 30. und
40. Meridian belehrt uns, dass hier die rein westlichen und
keine nordwestlichen Strömungen vorherrschend sind, ebenso
dass zu beiden Seiten des 20. Längengrades die Südost-Rich-
tung keineswegs überwiegt, sondern zwischen 15° und 20° Br.
ein mehr südwestlicher und westlicher, zwischen 15° u. 10° Br.
ein östlicher und nordöstlicher, und erst im Süden zwischen
5° und 10° Br. ein östlich bis südöstlicher Stromgang vorherrschend ist.

Maury, der die nördliche Aequatorialströmung richtig
einzeichnete, aber dafür seinerseits die südliche einzutragen
vergass, liess die Guineaströmung nicht im Golfe von Benin
„eines natürlichen Todes verscheiden“, sondern führte sie an
der ganzen Westküste Südafrika's entlang bis zum Cap und
noch darüber hinaus[1]): — ein entschiedener Rückschritt gegenüber Rennell! — Alexander Findlay war wohl der erste,
welcher die Guineaströmung keilartig zwischen beide Aequa-

---

when checked by the current from the South, and may be said then to
die a natural death there.“ Investigations p. 44.

[1]) *Maury*, Physical Geography of the Sea, Plate IX.

torialströmungen einzeichnete; doch sein Verdienst wird noch
grösser dadurch, dass er die Strömung an der Mandingoküste
sich in zwei Theile spalten liess, von denen der eine bei den
capverdischen Inseln in die nördliche Aequatorialströmung,
der andere nach Südosten in den Golf von Guinea einlenkt [1].
Hermann Berghaus dagegen hat auf seinen Weltkarten
die Zeichnung Findlay's mit jener Rennell's zu vereinigen gesucht, indem er der Guineaströmung zwischen beiden Aequa-
torialströmen eine Ausdehnung vom 50. Meridian im Westen
bis östlich in die Bai von Benin hinein gab, und an der Liberiaküste einen Zweig von der nordafrikanischen Strömung her
einbiegen liess. Dieses Bild der Guineaströmung ist das bisher am Meisten in Geltung gekommene, obwohl es der Wirklichkeit nicht entspricht. Schon Koldewey hat darauf hingewiesen, dass Berghaus den Anfang der Guineaströmung zu
weit nach Westen verlegt habe, denn nur im August könne
dieselbe allenfalls so weit reichen, in den andern Monaten
aber schwanke dieselbe zwischen 25° und 40° W. L. hin und
her. Ein zweiter grösserer Fehler betrifft jene südöstliche
Abzweigung von der nordafrikanischen Strömung gegenüber
der Sierra Leoneküste. Meeresströmungen können sich nur
dann theilen, wenn sie auf eine Küste treffen (wie beim Cap
San Roque) oder wenn eine lokale thermische Circulation der
Strömung zur Seite auftritt, wie es zwischen der Baffinsbay
und dem nordwestatlantischen Golfstromgebiete der Fall ist.
Beide Ursachen liegen hier nicht vor und darum liess sich
eine solche Abzweigung der nordafrikanischen Strömung schon
a priori unwahrscheinlich finden. In der That ergiebt die
Uebersichtskarte in dem englischen Werke über Strömungen
und Oberflächentemperaturen des nordatlantischen Oceans für
den Raum zwischen 15° und $17\frac{1}{2}$° W. L. und $7\frac{1}{2}$° bis 10°
N. Br. als mittlere Stromrichtung nicht SO, sondern NNO
(aus 27 Beobachtungen, darunter nur 4 SO) und in dem öst-
lich daneben liegenden Vierecke ($12\frac{1}{2}$° bis 15° W., $7\frac{1}{2}$ bis

---

[1] *A. G. Findlay*, Chart of the North Atlantic Ocean. October
4th 1850.

10° N.) ONO und südlich davon in 12¹/₂ bis 15° W., 5 bis 7¹/₂° N. ebenfalls ONO als Mittel aus 34 Beobachtungen, von denen nur 5 SO, aber 29 NO, wie untenstehende Copie des hier in Betracht kommenden Theiles jener Karte zeigt. Darnach weicht also die Guineaströmung bei ihrem Stosse auf die Küste ebensowohl nach Norden wie nach Süden aus und lenkt so mit einem Theile ihrer Gewässer in die nördliche Aequatorialströmung ein. Die Zeïchnung Findlay's war somit die richtige. Auch die Temperaturverhältnisse unterstützen dies. Wie unsre Karte (Taf. II) zeigt, verläuft im März die 28° Isotherme in nordöstlicher Richtung auf die afrikanische Küste zu, nach Westen hin nehmen dabei die Temperaturen schnell ab, während sie östlich dieser Isotherme sich gleichbleiben bis in die Nähe der Nigermündungen, was nicht möglich wäre, wenn die kalte

<table>
<tr><td></td><td colspan="3" align="center">25°</td><td colspan="2" align="center">20°</td><td colspan="2" align="center">15°</td><td></td></tr>
<tr>
<td>15°</td>
<td>6
· WSW
59 19</td>
<td>19 18
WSW
84 12</td>
<td>4
WSW
29 5</td>
<td>5
SW
28 5</td>
<td>2 · 2
SSW
4 3</td>
<td>Land</td>
<td></td>
<td></td>
</tr>
<tr>
<td></td>
<td>21
WSW
32 21</td>
<td>6 2
WSW
18 26</td>
<td>9 2
SSO
29 20</td>
<td>7
SW
18 2</td>
<td>5 4
SSO
7 4</td>
<td>Land</td>
<td>Land</td>
<td></td>
</tr>
<tr>
<td>10°</td>
<td>9 17
W / ONO
29 2</td>
<td>17 18
WSW / 0
23 43</td>
<td>12 21
WSW / 0
27 43</td>
<td>1 20
0
5 22</td>
<td>9 7
OSO
5 29</td>
<td>6 14
NNO
3 4</td>
<td>2
ONO
2</td>
<td>Land</td>
</tr>
<tr>
<td></td>
<td>33 22
NO / NW
</td>
<td>39 19
0 / W
16 17</td>
<td>11 53
ONO
20 38</td>
<td>4 65
ONO
9 11</td>
<td>2 27
0
4 23</td>
<td>3 19
0
25</td>
<td>29
ONO
5</td>
<td>8 12
NNO
7</td>
</tr>
<tr>
<td>5°</td>
<td>53 23
NNW
2 2</td>
<td>65 20
NW
</td>
<td>44 39
ONO / W
12 11</td>
<td>28 15
0 / NW
2 50</td>
<td>9 38
0 / NW
5 10</td>
<td>7 11
0 / WSW
9 10</td>
<td>1 19
ONO
3 3</td>
<td>23
ONO
1 4</td>
</tr>
<tr>
<td></td>
<td>79
WNW
</td>
<td>85 4
WNW
7</td>
<td>104 3
WNW
2 6</td>
<td>96 6
WNW
3 4</td>
<td>22 7
OSO / WNW
16 13</td>
<td>2 2
NO / SW
9 2</td>
<td>13 2
NW
1</td>
<td>9
NW
1 1</td>
</tr>
<tr><td>0°</td><td colspan="3" align="center">25° W.-Gr.</td><td colspan="2" align="center">20°</td><td colspan="2" align="center">15°</td><td></td></tr>
</table>

Erklärung. In der Mitte des Quadrates ist die mittlere Stromrichtung angegeben. Die Ziffern in den Ecken der Vierecke bedeuten die Zahl der auf jeden Quadranten entfallenden Beobachtungen und erlauben uns ein Urtheil über die Genauigkeit, mit der die Einzelwerthe unter einander übereinstimmen.

nordafrikanische Strömung hier nach Südosten strömte. —
Diese falsche Zeichnung der Guineaströmung wurde übrigens
neuerdings von Capit. Nares[1]) auf dem Challenger ausdrücklich constatirt, auch Koldewey hat in seiner Arbeit mehrfach,
wenn auch nicht mit Nachdruck, darauf hingewiesen.

Um das periodische Wachsen und Abnehmen
der äquatorialen Strömungen zu veranschaulichen, haben wir
auf Taf. I dieselbe in 4 Phasen ihrer Entwicklung gezeichnet.
Da hun die äusseren Grenzen der Guineaströmung zugleich
die inneren der Aequatorialströmungen sind, kann man an
dem Schwanken der Guineaströmung sehr gut das der andern
verfolgen. Dazu ist auch folgende Tabelle geeignet, welche
den westlichsten Punkt der Guineaströmung und ihre Breite
unter dem 20. Meridian westlich Greenwich für jeden Monat
des Jahres angiebt:

Die Guineaströmung [2]).

Monat	Beobachteter Anfang unter	Am 20⁰ W. zwischen lat.	Breite in geogr. Meilen
Januar	28⁰ W., 6⁰ N.	3⁰— 7⁰ N.	60 Meilen
Februar	25⁰ „ 2⁰ „	2⁰— 5⁰ „	45 „
März	27⁰ „ 8⁰ „	2⁰— 8⁰ „	90 „
April	26⁰ „ 6⁰ „	2⁰— 8⁰ „	90 „
Mai	37⁰ „ 4⁰ „	2⁰— 7⁰ „	75 „
Juni	31⁰ „ 5⁰ „	3⁰— 8⁰ „	75 „
Juli	42⁰ „ 6⁰ „	4⁰—11⁰ „	105 „
August	45⁰ „ 7⁰ „	3⁰—12⁰ „	135 „
September	37⁰ „ 8⁰ „	3⁰—10⁰ „	105 „
October	50⁰ „ 7⁰ „	3⁰—10⁰ „	105 „
November	32⁰ „ 8⁰ „	3⁰— 9⁰ „	90 „
December	47⁰ „ 6⁰ „	4⁰—10⁰ „	90 „

Unsre Karten sind nach den reichhaltigeren Materialien
Koldewey's entworfen und stimmen im Allgemeinen mit der
Tabelle recht gut.

---

[1]) *Nares*, Report etc. p. 8, § 8.
[2]) Currents and Surface Temperature etc. Text p. 25.

Das Maximum der Entwicklung erreicht die Guineaströmung im August und September; dann ist auch die nördliche Aequatorialströmung an ihrer polaren Grenze und die südliche reicht unter dem 20. Meridian bis an den 5. Grad nördlicher Breite. Das Minimum der Guineaströmung liegt nach der englischen Tabelle im Februar, nach Koldewey im März, wo dieselbe erst östlich vom 25. Meridian bemerkt wird, von da an östlich aber schnell an Breite zunimmt. Die süd-

N	Jan.	Febr.	März	April	Mai	Juni	Juli	Aug.	Sept.	Octob.	Nov.	Dec.	Jahr
10–8	9.0	11.0	10.5	9.1	11.5	11.5	15.1	18.4	16.8	11.5	10.6	11.0	12.1
8–6	9.0	11.0	9.0	10.5	11.6	14.0	20.5	18.0	16.4	14.1	13.1	12.4	18.3
6–4	13.5	13.0	11.5	13.0	14.7	18.6	19.4	12.0	13.0	11.5	11.5	12.5	13.7
4–2	15.0	14.1	14.4	16.1	16.8	21.1	22.1	18.4	15.0	13.6	16.0	16.9	16.4
2–0	24.0	17.5	16.8	18.1	19.8	29.3	29.3	20.0	16.0	15.0	16.2	22.6	20.3
0–2	17.0	14.0	10.6	16.7	16.0	21.8	18.7	17.7	14.7	10.1	18.3	17.2	16.0
2–4	18.0	20.2	15.6	15.8	18.8	24.9	23.1	19.5	15.0	14.2	18.2	17.1	18.3
4–6	16.8	15.0	15.7	17.8	19.6	22.1	19.3	23.2	13.2	12.3	15.0	14.8	17.5
6–8	10.8	11.4	13.0	14.1	14.9	14.8	15.2	16.5	15.2	9.7	14.2	14.5	13.7
8–10 S	14.0	9.6	10.9	8.5	13.4	13.8	13.7	13.2	9.3	12.6	11.4	11.6	11.8

liche Aequatorialströmung erreicht im März den zweiten Grad N. Br. nicht, und weiter im Osten, in der Bucht von Biafra, findet sie ihre Nordgrenze genau unter dem Aequator; bis auf die südliche Hemisphäre weicht sie aber nie herab, wie das eigenthümlich geformte Delta des Ogowai und die Bildung des Cap Lopez erweist [1]. Diese periodischen Verschiebungen

---

[1] *Peschel*, Neue Probleme S. 126 (erste Aufl.).

der Stromgrenzen sind ausser in seemännisch interessirten Kreisen nirgend hinreichend berücksichtigt worden, und doch werden dieselben sich bei der theoretischen Analyse als überaus wichtig herausstellen.

Die Stärke des Stromganges selbst giebt obige Tabelle, die wir aus Koldewey zusammengestellt haben. Dieselbe beruht für den nordhemisphärischen Theil auf den langjährigen Erhebungen der Engländer in dem Raume zwischen 0°—10° N. Br. und 20°—30° W. Gr., für die südlichen Breiten dagegen auf den Wetterbüchern deutscher Schiffe zwischen dem 13° und 35° W. L. Die Ziffern sind Seemeilen (= 60 auf 1° Aequ.) in 24 Stunden. — Wir sehen zunächst beim Vergleich der einzelnen Ziffern das ungemein Wechselnde in denselben, doch entgehen mehrere Thatsachen einer aufmerksamen Betrachtung nicht. So bemerken wir, dass die Stärke des Stromganges, gleichgiltig, ob dieser in östlicher oder westlicher Richtung erfolgt, in der Nähe des Aequators ihr Maximum erreicht, von da nach Norden und Süden offenbar abnehmend, wie namentlich die jährlichen Durchschnittswerthe klarlegen. Das Maximum liegt in 10 Monaten zwischen 0—2° N. Br., im August abnorm zwischen 4—6° S. Br., im November zwischen 0—2° S. Br., also jedenfalls in der südlichen Aequatorialströmung. Es scheinen zwei Perioden hoher Stromstärke vorhanden zu sein, eine im Juni und Juli, die andere im December und Januar, also beidemal wenn die Sonne im Wendekreise steht, das Hauptmaximum jedoch im Juni und Juli. Bemerkenswerth erscheint das Abnehmen der Stromintensität für die Zone zwischen 0°—2° südlicher Breite, während südlich davon (2°—4° S.) wiederum stärkere Strömungen die Regel sind. Man könnte hieraus vielleicht schliessen, dass in der südlichen Aequatorialströmung Streifen von starkem Stromgange mit andern von schwächerem abwechseln; doch lassen die Zonen von zwei Grad Breite ein sicheres Urtheil nicht zu. — Als mittlere Bewegungsstärke der südlichen Aequatorströmung können wir 16.2 Seemeilen in 24 Stunden gelten lassen.

Auf der nördlichen Hemisphäre muss eine Scheidung nach

den Stromrichtungen vorgenommen werden, um die Guineaströmung für sich allein zu erhalten. Dieselbe ist meist
vorherrschend zwischen 4—6⁰ N. Br. (mittl. Geschw. 13.7 Seemeilen), nur in den Monaten Mai bis December zwischen 6⁰
bis 8⁰ N. (mittl. Geschw. 15 Seemeilen) und zwischen 8—10⁰ N.
nur von Juli bis October (mittl. Geschw. 16.4 Seemeilen). Viel
stärker ist die Strömung unter der Guineaküste selbst, wo
25 Seemeilen gar nicht selten sind. Als durchschnittliche
Stromintensität dürfen wir also etwa 15 Seemeilen annehmen;
ein Maximum im Juli und August ist nicht zu verkennen. —
Ueber die Stromstärke der nördlichen Aequatorialströmung
gewinnen wir aus den Koldewey'schen Ziffern keine Auskunft,
und nur unvollkommen aus der *General Current Chart* des
Meteorological Office. Darnach erweist sich dieselbe als
durchgehends viel schwächer, im Mittel 8—9 Seemeilen, so
dass also die südliche Aequatorströmung stets die doppelte,
oft die dreifache Stärke der nördlichen besitzt.

Was die Temperaturverhältnisse der Strömungen
betrifft, so gilt die Guineaströmung als warm, die beiden äquatorialen als kalt, welche relative Begriffe unsre Karten (Taf. II)
bestätigen. Ein Blick auf die Kärtchen Taf. I zeigt uns die
Ursache. Die kühlen Gewässer der Aequatorialströmungen,
welche aus höheren Breiten oder genauer aus den Polarmeeren
stammen, werden auf ihrem westlichen Wege von der Sonne
bis zu einem bestimmten Grade erwärmt. Wenn nun ihre
Gewässer zum Theil in die Guineaströmung einbiegen, so
machen sie den bereits zurückgelegten Weg in umgekehrter
Richtung zum zweiten Mal und erhalten somit die doppelte
Ration der Wärme. Daher das Wärmemaximum in der Guineaströmung während des März. In unserm Sommer dagegen,
wenn die Sonne auf der nördlichen Hemisphäre culminirt, bewegen sich die Gewässer der Guineaströmung aus den wärm-
sten Regionen des nordatlantischen Beckens hinaus und ent-
ziehen sich damit der Erwärmung, wobei sie jedoch immer
noch höhere Temperaturen behalten als die südliche Aequatorialströmung. Darum kann man der Guineaströmung den
Ruf einer warmen Strömung wohl zugestehen.

Auf eine interessante **klimatische Einwirkung** der periodischen Schwankungen der Meeresströme im Golfe von Biafra hat A. Mühry mehrfach aufmerksam gemacht[1]). In jenem Golfe nemlich liegen die vier Inseln Fernando Po (3^0 47′ bis 3^0 10′ N.), Principe (1^0 40′ bis 1^0 20′), San Thomé (0^0 30′ bis 0^0 N.) und Annobom (1^0 28′ bis 1^0 24′ S. Br.). „Die südlichste Insel bleibt das ganze Jahr hindurch im kühlen, westwärts fliessenden antarktischen Zuflusse zur Aequatorströmung. Dagegen die zwei nördlichsten Inseln bleiben immer im wärmeren ostwärts fliessenden, nördlichen Zuflusse, dem Guineastrome; aber die mittlere, San Thomé, erfährt im Jahre abwechselnd einmal einen jeden der beiden contrastirenden Ströme, indem beim nördlichen Sonnenstande der südliche nordwärts schwankt und beim südlichen Sonnenstande der nördliche südwärts. Damit wird ein Wechsel der Klimate gebracht.“

§ 5.

Die Theorien der Meeresströmungen.

Unter den Theorien der Meerescirculation giebt es einige, die wir, weil in ihrer Grundidee unzulässig, im Folgenden nur kurz berühren wollen. Zu diesen gehört einmal die von Witte aufgestellte[2]) und früher von Mühry vertretene **Gravitationstheorie**, welche davon ausgeht, dass durch die unter dem Aequator verminderte Schwerkraft das Meer dort ein höheres Niveau einnehmen müsse, wie in den Polargegenden. Das wird allerdings der Fall sein, aber eine Circulation der Gewässer zwischen Pol und Aequator wird hierdurch noch nicht hervorgerufen, da die Wassersäule unter dem Aequator genau eben so viel wiegt, als die niedrigere aber schwerere unter den Polen, folglich die Bedingungen des hydrostatischen Gleichgewichts vorhanden sind.

---

[1]) Zeitschr. d. östr. Ges. für Met. XI, 1876, S. 164; vgl. auch *Sabine* bei *Findlay*, Sailing Directory for the South Atlantic, p. 16 f.

[2]) *Poggendorff*, Annalen CXLII, S. 281 ff. und *Petermann*, Mittheilungen Bd. XX, 1874, S. 375.

Ebenso wenig Berücksichtigung finden kann für unsre Zwecke die vom Capitän Baron Schilling[1]) neuerdings mit viel Energie aber wenig Klarheit vertretene Theorie der Gezeitenströmungen. Nach ihm bewirken Mond und Sonne keine Flutwellen, sondern Flutströmungen, in der Luft ebenso gut wie im Meere. Abgesehen von der Kühnheit, mit welcher er die Anschauung von Autoritäten wie Laplace und Airy aufgiebt, ohne in derselben exakten Weise wie diese vorzugehen, kommt er im Verlaufe seiner Untersuchungen mit anerkannten Erscheinungen der Meteorologie und Oceanographie in Conflikt. Er spricht von beständigen Westwinden in unseren Breiten und negirt einen aufsteigenden Luftstrom unter dem Aequator ausdrücklich, ohne uns zu sagen, wo die aus Südost und Nordost auf einander losblasenden Passate bleiben sollen. Wenn nun ferner die Aequatorialströmungen mit dem Gezeitenphänomen zusammenhängen sollen, so wäre es doch höchst verwunderlich, wenn Mond und Sonne ihre Flutströme im südatlantischen und südpacifischen Meere zwischen 3⁰ Nord. Br. und ca. 15⁰ S. Br., dagegen im Indischen Oceane zwischen 7⁰ Süd. Br. und 25⁰ S. Br. hervorrufen müssten.

Ferner hat man in der Trägheit der Wassermassen ein Motiv gesucht, welches das System der Meeresströmungen erklären soll. Wie schon Kepler[2]), Varenius[3]) und Kant[4]), so behauptet auch Mühry[2]), die Aequatorialströmungen der Oceane seien eine Folge der den Gewässern innewohnenden *vis inertiae:* die Gewässer blieben, weil nur locker mit der Erdfeste verbunden, hinter der allgemeinen Rotation zurück,

---

[1]) *Schilling*, die beständigen Strömungen in der Luft und im Meere. Berlin 1874, S. 34—56. Die Entstehung der „Ebbeströmungen" in den höheren Breiten ist uns völlig unverständlich. In dem ersten polemischen Theile dagegen enthält das Schriftchen recht viel Lesenswerthes und Anregendes.

[2]) *Mühry*, Meeresströmungen S. 6.

[3]) *Kohl*, Geschichte des Golfstroms S. 87.

[4]) *Kant*, Schriften zur physischen Geogr. (Bd. VI der Rosenkranz-Schubert'schen Ausgabe von Kant's Werken) S. 490.

das Wasser würde nach Kant's Ausdruck „gleichsam zurückgeschleudert". Doch lässt sich hiergegen schon einwenden, dass in zwei Oceanen Aequatorialgegenströmungen zwischen den beiden Aequatorströmungen nach Osten fliessen. Uebrigens hat Kant sich späterhin selbst widerlegt, indem er allerdings von den Luftströmungen sehr richtig zugab, „dass, wenngleich uranfänglich der Luftkreis dieser Drehung nicht gefolgt wäre, dennoch vorlängst eine so beständig wirksame Kraft sich ihm habe mittheilen und denselben zu einer gleichen Bewegung mit der Erde selbst habe bringen müssen [1]." Eben dasselbe ist natürlich im Meere der Fall, wo die Reibung der Theilchen unter einander und an dem festen Behälter genügen muss, der Wassermasse die Rotationsrichtung der Erdfeste mitzutheilen. Dass die so zurückgewiesene Ansicht jetzt die „weit vorherrschendere" sei, wie Schilling [2]) behauptet, glauben wir nicht gefunden zu haben.

Ausführlicher müssen wir uns beschäftigen mit der vielfach vertretenen Ansicht, dass die Meeresströmungen rein secundäre Erscheinungen seien, hervorgerufen durch die schiebende Kraft der Passate und der andern vorherrschenden Winde.

Franklin war wohl der erste, welcher das Motiv der Meeresströmungen, wenigstens der seinen „Golfstrom" erzeugenden Aequatorialströmung, in den Passatwinden suchte. Humboldt war dieser Ansicht nicht abgeneigt [3]) und Rennell in seinen Untersuchungen der atlantischen Strömungen huldigte derselben durchaus [4]). Er zerlegte die Strömungen in zwei Gattungen: die erste, die er *„Driftcurrents"*, Driftströmungen nannte, schrieb er der unmittelbaren Einwirkung der Passate, resp. der anderen vorherrschenden Winde zu. Die zweite Art, seine *„stream currents"*, sollten die Folge einer Stauung jener Driftströme an einer Küste oder einer

---

[1]) *Kant*, a. a. O. S. 795.
[2]) *Schilling*, a. a. O. S. 10.
[3]) *Humboldt*, Kosmos I, 326.
[4]) *Rennell*, Investigations p. 6, 21 et passim.

anderen Drift etc. sein, weshalb wir sie allenfalls mit „Abflussströmungen" übersetzen können. Diese Abflussströmungen könnten demnach auch unter Umständen gegen die herrschende Windrichtung strömend gedacht werden, wie der *Gulfstream* Rennell als eine solche Abflussströmung galt. So fasste er auch seine Hauptäquatorialströmung als Abflussströmung der durch die Südostpassatdrift aufgehäuften südatlantischen Gewässer auf. Die Guineaströmung aber war nach ihm eine Fortsetzung der nordafrikanischen Strömung, welche er sich durch die Westwinde am Festlande aufgestaut und nach Süden und Südosten an der Guineaküste entlang abfliessend dachte. Ihm waren die nordöstlichen Strömungen an der Liberiaküste, welche besonders in den Monaten Juni bis September kräftig werden, nicht unbekannt, obwohl er eingesteht, für die Küste zwischen den Bissagos und Sherboro sei er ganz ohne Nachricht. Allein er dachte sich diese als lokale Gegenströmung, wie sie in Buchten und sonst an Küsten nicht selten sind. Dagegen hat er sich vergeblich bemüht, die weit im Westen mehrfach constatirten östlichen Strömungen in sein System einzupassen [1]).

Rennells Ansicht über die Entstehung der Meeresströmungen erfreut sich unter den Seeleuten Englands einer besonderen Gunst, Sir John Herschel vertheidigte dieselbe bis kurz vor seinem Tode [2]), gegenwärtig hat dieselbe in Croll [3]) und Laughton eifrige Fürsprecher gefunden, obwohl schon Findlay derselben entgegenhielt, dass die zwar stetig, aber doch nur schwach wehenden Passate das Meer nicht tiefer als 5—6 Faden in Bewegung versetzen könnten [4]), während doch

---

[1]) Investigations etc. p. 38. 40. 67—69. 296.

[2]) Cf. Nature, 25. Mai 1871, S. 71, Brief an Carpenter.

[3]) Philosophical Magazine Vol. XLVII, 1874, p. 177 ff.

[4]) *Findlay*, A Directory for the Navigation of the Pacific Ocean, London 1851, Part II, p. 1238. *Arago* (Poggendorffs Annalen, Bd. 37, S. 451) liess nur wenige Meter zu. Exakte Messungen aus dem offenen Oceane über Tiefe der Windtriften liegen noch nicht vor. Näheres bei *Mühry* in Petermanns Mittheil. 1872, S. 136 ff.; vgl. auch Schilling, a. a. O. S. 19 bis 21.

Irminger die grosse Mächtigkeit der nordafrikanischen wie der Antillenströmung nachgewiesen hat [1]). Ueberdies sind die Anhänger dieser Theorie auf keine Weise im Stande, das Aufsteigen jenes kalten Wassers unter dem Aequator zu erklären, denn der Versuch Crolls, welcher den Golfstrom im nördlichen Eismeer wie in einer Sackgasse sich stauen und in Ermangelung jeden andern Auswegs untertauchen und am Meeresboden zurückkehren lässt, ist doch ein jämmerlich gedeckter Rückzug, welchen Carpenter [2]) mit viel zu gelinden Worten charakterisirt hat. Obwohl es hiernach nicht erst nöthig ist, werden wir doch zum Ueberflusse im Folgenden zeigen, dass die Passate durchaus nicht im Stande sind, die Aequatorialströmungen im atlantischen Ocean zu schaffen. Croll, Carpenter, Laughton, welche wohl die Berghaus'sche *Chart of the World* vor sich hatten, glauben in den Passaten die Ursache dieser Strömungen zu sehen, zumal eine gewisse Aehnlichkeit und Gleichzeitigkeit mit den periodischen Schwankungen der Passate und Strömungen unverkennbar ist, auch in den Monaten Juni bis September zwischen beiden Passaten ein Südwestmonsun auf das nordafrikanische Continent hinweht. Allein die blosse Gleichzeitigkeit zweier Phänomene verbürgt noch keinen Causalnexus zwischen beiden. Abgesehen von den allgemeinen Einwänden, die wir gegen diese Theorie erheben müssen, würden auch die thatsächlich vorliegenden Windverhältnisse durchaus nicht solche Meeresbewegungen hervorrufen, wie sie die Karten zeigen, auch wenn die Passate und Monsune kräftig genug wären, die Meeresmassen in Bewegung zu setzen. Im südatlantischen Oceane nemlich blasen die Passate in der Nähe der Guineaküste das ganze Jahr hindurch nach Norden und Nordosten [3]), „detrahirt" durch das südafrikanische Hochland, weiter im Westen im offenen Ocean dagegen regelmässig nach Nordwest bis Nordnordwest. Die Calmenzone befindet sich im Mittel zwischen 2—5° N. B.

---

[1]) S. oben S. 9, Anm. 1.
[2]) Proceedings of the Royal Geogr. Soc. XVIII, 1874, p. 390, § 138.
[3]) *Findlay*, South Atlantic Ocean p. 18.

(unter dem 30. Meridian), an der Gabunküste genau unter
dem Aequator. Der Südpassat würde also an der afrikanischen
Küste das Meer in den Busen von Guinea hineinschieben und
da die aufgestauten Gewässer abfliessen müssen, so würde
also die Benguelaströmung nicht mit scharfem Knie beim Cap
Lopez in die Aequatorialströmung umbiegen, sondern weiter
nach Norden reichen und erst am Nigerdelta, durch die Küste
gezwungen nach Westen ablenken: also gerade umgekehrt als
in der Wirklichkeit. Noch mehr: da die Passate in der Nähe
der Calmen mitten im Oceane nicht aus SO oder NO, sondern
vielmehr aus SSO und NNO blasen, würden sie gerade in
dem von den Calmen überlagerten Raum alles Wasser an-
stauen und ebenfalls eine nach Westen gerichtete Abflussströmung erzeugen. Es dürfte also dann keine Guineaströmung geben. Ausserdem noch wehen die Passate je näher
dem Aequator desto schwächer, während wir sahen, dass die
Stärke der Meeresbewegung in gleicher Richtung gemessen
zunahm — ein Moment, auf das Mühry mit Recht viel Werth
legt [1]). Ebenso wenig darf man natürlich die Guineaströmung
als eine Folge des Südwestmonsuns ansehen, da dieser nur
vom Juni bis September vorhanden ist, die Strömung aber
das ganze Jahr hindurch beobachtet wird. Verstärken wird
der Südwestmonsun in jenen Sommermonaten die östliche
Meeresbewegung allerdings. — Erinnern wir uns noch der
allgemeinen Einwände, welche wir schon oben gegen diese
Passattheorie vorgebracht, namentlich dass dieselbe die senkrechte Temperaturvertheilung nicht zu erklären vermöchte —
so glauben wir nach dieser speciellen Prüfung, dass den Passaten die bewegende Kraft der beiden Aequatorialströmungen
nicht zuerkannt werden darf. Auch müssen wir gestehen,
dass wir es mit einer irgendwie grossartigen Auffassung des
Kosmos unvereinbar finden, wollten wir glauben, dass das
Meer die Kraft zu seinen Bewegungen sich aus dem Luftreiche,
das doch selber zum grossen Theil eine Schöpfung des Meeres

---

[1]) *Petermanns* Mitth. XX, 1874, S. 373 und Zeitschr. der östr. Ges.
für Meteorol. X, 1875, S. 173.

ist, borgen müsse, da es in sich selbst solche Kräfte nicht zu erzeugen vermöge, während die Luft den Vorzug eines selbständigen Circulationssystems für sich haben solle! — —

Schliesslich hat man die Verschiedenheit des specifischen Gewichtes des Seewassers in den einzelnen Meeresstrichen zur Erklärung der Meeresströmungen herangezogen. Das specifische Gewicht des Meerwassers wird alterirt einmal durch den Salzgehalt, zweitens durch die Temperaturen. Forchhammers Untersuchungen haben nun gezeigt, dass der Salzgehalt der Meere ein lokal so wenig verschiedener ist, dass man demselben keine Rolle in dem System einer allgemeinen Meerescirculation beimessen kann[1]). Maury's Versuch, die Meeresströmungen hiermit zu erklären, ist darum mit vollem Grunde als gescheitert zu betrachten, überdies hat derselbe nie versucht, ein allgemeines System der Meeresströmungen aufzustellen, wie er es für die Luftbewegungen sehr wohl gethan. — Dagegen hat man mit mehr Recht in den Temperaturdifferenzen der Meereszonen ein beachtenswerthes Moment gefunden. Arago[2]), Lenz[3]), Buys Ballot[4]) und nach ihrem Vorgange E. E. Schmid[5]) und A. Mühry[6]) lehren, dass durch die Erwärmung unter dem Aequator das Wasser specifisch leichter würde und ein höheres Niveau einnehme, in Folge dessen nach den Polen abfliesse und dabei zur Compensation einen submarinen Strom von den Polen zum Aequator hervorrufe; unter dem Aequator solle dann das Wasser aufsteigen, wie der Verlauf der submarinen Isothermen zeige. Doch mehr als 300 Jahre vor Arago

---

[1]) *Mühry*, Meeresströmungen, S. 13.

[2]) *Poggendorffs* Annalen Bd. 37, S. 451.

[3]) Bulletin physico-math. de l'Ac. Imp. de St. Petersb. V, 1847, p. 65 ff.

[4]) *Buys Ballot*, Les Courants de la Mer et de l'Atmosphère. Bruges 1874 (ursprünglich 1853) p. 8 sqq.

[5]) *Ernst Erhard Schmid*, Lehrbuch der Meteorologie, 1860. S. 465 ff.

[6]) *Mühry*, a. a. O. S. 3 u. a.

hat bereits Lionardo da Vinci Folgendes geschrieben[1]):
„Die Hitze der Sonne bewirkt, dass die Meeresgewässer unter
dem Aequator aufsteigen; sie bewegen sich überall von dieser
Wasseranschwellung herunter, um die vollkommene Kugel-
gestalt wiederherzustellen" ... „Die Gewässer der äquatorialen Meere stehen höher als die des Nordens; sie sind auch
immer höher grade unter der Sonne als an den andern Strichen
der heissen Zone."

Unabhängig von Arago und Lenz hat W. Carpenter auf
Grund seiner Tiefseeforschungen an Bord der „Lightning" und
der „Porcupine" im Jahre 1869 ebenfalls eine thermische Circulation der Meere behauptet und im Laufe der Jahre mit
grosser Energie vertheidigt und neuerdings durch das Experiment zu erhärten verstanden. Das Experiment war Folgendes[2]): Eine schmale, lange Wanne wurde mit Wasser von
einer bestimmten Temperatur gefüllt, darauf an dem einen
Ende Eisstückchen, an dem andern ein gleichmässig erwärmtes Metallstück an der Oberfläche des Wassers angebracht.
Was geschehen musste, ergiebt sich aus folgenden Betrachtungen.
Die Erwärmung bewirkt eine Verringerung des specifischen
Gewichtes, eine Ausdehnung, ein Abfliessen des Wassers nach
dem andern Ende der Wanne — ein Abfliessen, aber noch
kein Aufsteigen, da das Wasser von der Oberfläche aus und
überhaupt nur mässig, nicht bis zur Siedetemperatur erwärmt
wird. Am andern Ende der Wanne aber wird durch die
Eisstückchen die Oberfläche des Wassers kühler und damit

---

[1]) *J. B. Venturi*, Essai sur les ouvrages physico-mathématiques de
Léonard de Vinci, avec des fragments tirés de ses manuscrits apportés
de l'Italie. Paris. An V (1797) p. 12: „La chaleur du soleil est cause
que les eaux de la mer s'élèvent sous l'équateur; elles entrent en mouve-
ment de toutes les côtés de cette éminence aqueuse, pour rétablir leur sphé-
ricité parfaite" .... „L'eau de la mer équinoxiale est plus élevée que
les eaux du nord; elle est aussi plus élevée sous le soleil, que dans les
autres lieux du cercle équinoxial. C'est ce que l'on observe lorsque l'eau
d'un vase bout sur des charbons ardents; l'eau qui est autour du centre
du bouillonement descends en ondes circulaires." Zuerst bemerkt von
Peschel, Gesch. d. Erdkunde, S. 392.

[2]) Proceedings of the R. Geogr. Soc. January 9th 1871.

specifisch schwerer. Es sinkt zu Boden. um leichteren Schichten Platz zu machen und diese werden von der erwärmten Seite der Wanne hierher gezogen. Das abgekühlte gesunkene Wasser wird sich am Boden der Wanne ausbreiten und zum andern Ende fliessen, um dort, weil von diesem her erwärmtes Wasser nach dem Eisstücke nachdringt, aufzusteigen und erwärmt den Kreislauf zu vollenden. Derselbe wird so lange fortgesetzt, als die Abkühlung des einen, Erwärmung des andern Oberflächenstückes andauert. Carpenter hatte das Wasser unter dem Eisstücke roth, am andern Ende blau gefärbt, und das Experiment gelang, wenn auch die Bewegung des Wassers nur eine langsame war. Die bewegende Kraft dieser vertikalen Circulation liegt also mehr in der Vergrösserung des specifischen Gewichts durch Abkühlung des einen Poles der Wassermasse als in der Erwärmung des andern.

Carpenter will mit seiner Theorie nur die meridionalen Meeresströme erklären. während er als Ursache der äquatorialen Wasserbewegungen die Passate gelten lässt. Ebenso wie Maltebrun [1]) und Arago [2]) glaubt auch Carpenter, dass die meridionalen Meeresströmungen durch die Rotation der Erde auf der nördlichen Hemisphäre nach rechts, auf der südlichen nach links abgelenkt würden: die vom Pol her kommenden Strömungen gelangten nemlich in Breiten. mit immer grösserer Drehungsgeschwindigkeit. und da sie ihrerseits die anfängliche langsamere Drehungstendenz beibehielten, blieben sie hinter der allgemeinen Erdrotation zurück, würden

---

[1]) *M. Malte-Brun*, Précis de la Géographie universelle Tome II. 1810, p. 346. Nachdem er den Passaten und den Gezeiten die treibende Kraft der Meeresströmungen abgesprochen, hält er Folgendes für das Plausibelste: „L'action du Soleil et la rotation terrestre diminuent constamment la pésanteur des eaux équatoréales et l'évaporation en fait disparaître une quantité infiniment plus grande que ne peuvent lui rendre les fleuves. Les eaux des mers plus éloignées de l'équateur sont donc sollicitées de remplir ce vide et de-là proviennent les deux courants polaires etc." Warum die Verdunstung im offenen Oceane keine Strömung verursachen kann, s. *Mühry*, Meeresströmungen, S. 13 f.

[2]) *Poggendorff's* Annalen Bd. 37, 1836, S. 454.

also nach Westen abgelenkt. Man hat diese Einwirkung der Rotation sicherlich übertrieben (irren wir nicht, so hat man gar behauptet, die Aequatorialströmungen entständen aus den stark abgelenkten meridionalen Strömungen!) und hat den Einfluss der Küstenconfiguration und der Tiefseegrenze (der 100-Fadenlinie) manchmal ganz ausser Acht gelassen. So hat Colding [1]) sogar eine Formel für die Stärke der Ablenkung beim Floridastrom berechnet, welche aber bei der Anwendung ein viel zu niedriges Resultat giebt. Andrerseits hat der amerikanische Physiker W. Ferrel auf eine andere Wirkung der Erdrotation aufmerksam gemacht, die bisher wenig Beachtung gefunden [2]). Er bringt dieselbe nemlich in Beziehung zu der kalten Strömung, welche zwischen dem Floridastrom und der amerikanischen Küste sich nach Süden bewegt. Wir wollen die Beobachtung gleich zu einem Gesetze verallgemeinert vortragen. Wenn in einem schmalen nordsüdlich orientirten Kanale zwei Strömungen übereinander in entgegengesetzter Richtung, die obere z. B. nach Norden, die untere nach Süden, fliessen, so wird die Rotation der Erde (wie oben gezeigt) die Oberflächenströmung nach Osten, die untere nach Westen hin drängen. Das feste Ufer der Meeresstrasse lässt aber ein solches Abbiegen nicht zu, in Folge dessen wird die obere Strömung nach Osten und unten, die untere nach Westen und oben ausweichen. Im weiteren Verlaufe kommen beide Strömungen neben einander zu liegen, die ehemals untere am westlichen Ufer, die obere am östlichen Ufer der Meeresstrasse — ein Verhältniss, wie es z. B. in der Davisstrasse und Baffinsbay und im Meer zwischen Grönland und Norwegen vorliegt, wie sich überhaupt die Rotationsablenkung in höheren und höchsten Breiten besonders bemerklich machen muss wegen der hier schon auf kurze Breitenunterschiede sich erheblich ändernden Drehungsgeschwindigkeit der Erde.

---

[1]) Nature V, p. 90 ff., auch *Poggendorffs* Annalen CXLII, 1871, p. 621 f.

[2]) Nature V, p. 385 f.

Betrachten wir nunmehr die äquatorialen Meeresströmungen vom Standpunkte der thermischen Circulation. Wenn die Erde still stände, die Sonne aber über dem Aequator kreiste, so würde die ungleichmässige Erwärmung der polaren und heissen Zone eine einfache vertikale Circulation hervorrufen, mit den herabsinkenden Gewässern am Pole, den aufsteigenden unter dem Aequator, dem kalten submarin dem Aequator zueilenden, und dem warmen dem Pole zustrebenden Strome an der Oberfläche. Beginnt die Erde sich zu drehen, so gelangen die aufsteigenden Theilchen in immer schneller rotirende Schichten und da sie ihre in der Tiefe erhaltene Geschwindigkeit beibehalten werden, bleiben sie hinter der allgemeinen östlichen Drehung der Erde zurück, an der Oberfläche sich als westlich gerichtete Strömung offenbarend. Denken wir uns nun der Einfachheit wegen ein gradufriges, gleich breites Becken, von Pol zu Pol sich ausdehnend, so werden die emporgestiegenen Gewässer an die Westküste dieses Beckens anschlagen und nach den Polen zu abfliessen. Im Osten unter dem Aequator aber würde sich ein leerer Raum bilden, wenn die stetig von da abdrängenden Gewässer nicht ersetzt würden. Diese Compensation erfolgt am Ostufer des Meeresbeckens vom Pole her. Wir hätten also folgende Circulation: eine westlich gerichtete „Ascendenzströmung", die am Westufer nach den Polen strömt, dort theils untertaucht, theils als oberflächlicher Strom am Ostufer zurückkehrt. Eine solche Zweitheilung in eine gleichzeitig vertikale und horizontale Circulation muss schon aus dem Grunde erfolgen, weil alles unter dem Aequator aufsteigende Wasser ja nicht am Polarkreis untertauchen kann, da die Parallelgrade unter 0° Breite bekanntlich dreimal so gross sind als unter dem 70. Breitengrade.

Vergleichen wir mit dieser Deduktion die thatsächlich im atlantischen Ocean vorliegenden Verhältnisse, so finden wir dieselbe scheinbar bestätigt für die Strömungen des südatlantischen Oceans und für das nordatlantische Becken desgleichen, wenn wir die Einwirkungen der Küstenconfiguration berücksichtigen und von der Guineaströmung vorläufig absehen wollen. Unstreitig haben wir es mit einer senkrechten Circulation zu thun. Das beweisen die kalten Bodentemperaturen der Tropenzone[1]), die der Oberfläche sich nähernden submarinen Isothermen unter dem Aequator, das beweisen die Stromgeschwindigkeiten selbst. Denn diese nehmen, wie besonders bei der südlichen Aequatorialströmung zu sehen ist, vom Aequator an polwärts rasch ab. Die Schichten nämlich, welche sich zum Aufsteigen nach oben biegen, beginnen diese aufsteigende Bewegung in ganz verschiedener Tiefe; die untersten Schichten kommen erst am Aequator herauf, die darüber gelegenen schon in höheren Breiten. Deshalb wird die westliche Geschwindigkeit, mit welcher sie an die Oberfläche kommen, im direkten Verhältniss zur Tiefe, von der sie aufgestiegen sind, stehen. Kurz, der von den Wendekreisen nach dem Aequator segelnde Schiffer kommt, geologisch gesprochen, aus dem Hangenden in das Liegende. Diese Betrachtung genügt, um die heftigen Einwände, welche Schilling[2]) gegen diese Auffassung erhoben, zurückzuweisen.

Es handelt sich nunmehr darum, zu prüfen, ob das angenommene Motiv zu diesem vertikalen Strömungssystem ein ausreichend kräftiges ist. Da wir die Tiefen des centralatlantischen Oceanes annähernd kennen, wollen wir zunächst berechnen, um wieviel die aufsteigenden Gewässer hinter der darunter fortrollenden Erde zurückbleiben müssten, wenn dieselben in einem Augenblick und ohne alle Reibung in die Höhe geschnellt würden. Die mittlere Tiefe des atlantischen Oceans unter dem Aequator wollen wir (etwas zu hoch) zu 2100 Faden (= 3840 Meter) annehmen. Der Umfang des Aequators beträgt 40,070,370 Meter an der Oberfläche[3]), in der Tiefe von 3840 Meter also 40,046,250 Meter, demnach 24,120 Meter weniger, das sind 13 Seemeilen (diese zu 1855

---

[1]) *J. Y. Buchanan*, dem Chemiker an Bord des Challenger, scheint diese Thatsache völlig entgangen zu sein. Cf. Proceedings of the Royal Soc. of London Vol. 23, 1875, p. 123 squ.

[2]) *Petermanns* Mittheilungen 1875, S. 145 u. 146.

[3]) *Wagner* in *Behms* Geogr. Jahrbuch III, 1870, Anhang p. VIII.

Meter angenommen). Dieses ist das denkbare Maximum, welches durch einen aufsteigenden Strom hervorgerufen werden kann, erscheint aber, mit dem erforderlichen Werthe (25—30 Seem.) verglichen, als ein viel zu geringes Resultat. Wir werden dadurch zu dem Geständniss gezwungen, dass die **westliche Bewegungsrichtung der äquatorialen Meeresströmung nicht allein auf einer aufsteigenden Bewegung der Gewässer beruhen kann, sondern sich mit einer andern, der Rotationsrichtung der Erde entgegengesetzten Kraft summiren muss. Worin diese Kraft zu suchen, wissen wir zur Zeit nicht.** Das Trägheitsmoment der Gewässer und die Anziehung durch Sonne und Mond erscheinen nicht geeignet, solche Wirkungen zu üben. Jedenfalls stehen wir hier vor demselben Problem wie die Meteorologie vor dem, was Maury *the easting of the tradewinds* nannte und magnetischen Kräften zuschreiben zu müssen glaubte [1].

Wir wollen uns im Folgenden darauf beschränken, lediglich das der vertikalen Circulation für sich zu Grunde liegende Motiv zu untersuchen. Dass dieses wiederum in thermischen Gründen allein nicht liegen kann, müssen wir nach den Einwänden, welche von Sir John Herschel und nach ihm von Croll und Schilling dagegen erhoben worden, wohl zugeben, nemlich dass die Unterschiede im specifischen Gewichte der Meeressäulen viel zu gering wären, um bei der grossen Entfernung zwischen Aequator und Polarmeer etwas anderes als eine nur langsame Circulation zu veranlassen. Mühry hat das sehr wohl erkannt und analog zu seiner Ansicht von der Entstehung der Passate sucht er in der Centrifugalkraft das hülfreich eingreifende Motiv der Ascendenzströme im Luft- und Wassermeere. Er kam dazu durch folgende Erwägungen. Wenn die Ursache der Passate einzig in der durch Ueberhitzung äquatorialer Lufträume entstehenden Ascendenzströmung liegen soll, so müsste dieser Ascendenz- oder Calmenring mit dem jahreszeitlichen Gange der Sonne Schritt halten:

---

[1] *Maury*, Physical Geogr. of the Sea. 1874, p. 153 sq.

wir müssten also nur im März und September die Calmen genau über der Linie, im Juli und Januar aber an den Wendekreisen treffen. In allen drei Oceanen aber schwankt die Calmenzone nur ganz unbedeutend zwischen 2° S und 5° N, nur wenig sich der Sonne nachschiebend — folglich muss eine Kraft existiren, welche dieselbe hier am Aequator festhält, und das ist die Centrifugalkraft. Ebenso frappirte ihn das scharfe Knie, mit welchem die Benguela- und die Peruströmung genau unter dem Aequator in die grossen Westströmungen einbiegen.

Mühry hat dabei aber einerseits, wie schon Hann[1]) hervorhebt, versäumt, die mechanische Analyse hierfür zu geben, und andrerseits hat er hierbei die Guineaströmung nicht berücksichtigt, wie Schilling mit Recht bemerkt hat. Denn wenn Mühry, der das Berghaus'sche Bild vor sich hatte, glaubt, die Guineaströmung „würde nicht existiren, wenn nicht bei der nothwendigen Compensation im Osten der Aequatorialströmung dem direkten Zuflusse von Norden her ein Hinderniss gesetzt wäre im vorspringenden Theile von Nordafrika, während an der Südseite des Aequators mit einem ähnlichen Hinderniss auch ein solcher Antirotationsstrom fehlt," so sind damit die östlichen Strömungen, die sich in jenem Spalt zwischen den beiden Aequatorialströmungen bewegen, noch nicht erklärt, obwohl der Gedanke an eine hier stattfindende Compensation an sich richtig ist. Wir glauben nemlich, dass wir die Existenz der drei Strömungen hinreichend zu erklären vermögen, wenn wir zwei Ascendenzströme, den einen im nordatlantischen, den andern im südatlantischen Ocean annehmen, durch jene oben erwähnte unbekannte westliche Kraft verstärkt denken und die Guineaströmung compensirend die Lücke zwischen beiden ausfüllen lassen. Denn die beiden Aequatorialströmungen bewegen sich, bevor sie durch das brasilische Festland vereinigt werden, eine Zeit lang parallel neben einander nach Westen, zwischen sich einen spaltartigen Raum von nach Westen hin abnehmender Breite lassend.

---

[1]) *Behms* Geogr. Jahrbuch IV, 1872, S. 160.

Diese Kluft kann unmöglich ohne Strom bleiben. Es würde ein „todter Raum" entstehen, dessen Bildung nur dadurch verhindert wird, dass die Aequatorialströmungen einen Theil ihrer Gewässer wieder nach Osten zurückschicken, und das geschieht in der Guineaströmung. Wenn diese so tief in den Busen von Guinea hinein reicht, so hat das seine Ursache darin, dass die südliche Ascendenzströmung dort nie den ersten Grad N. Br. überschreitet, der zu vermeidende todte Raum dort also immer noch 5—6 Grade breit sein würde. Die Guineaströmung wäre also hiernach eine Compensationsströmung. — Es bleibt uns nun im Folgenden überlassen, die mechanische Analyse für das Eingreifen der Centrifugalkraft in die Bewegungen des Meeres (und der Luft) zu geben und zu untersuchen, weshalb die nördliche Ascendenzströmung den Aequator nicht erreicht.

Das Wesen der Centrifugalkraft besteht darin, dass jedes Theilchen eines rotirenden Körpers sich senkrecht von der Rotationsaxe zu entfernen sucht und thatsächlich soweit entfernt, als es der Aggregatzustand und die Schwerkraft des sich drehenden Körpers gestattet. Auf die Theilchen einer festen rotirenden Kugel wird die Fliehkraft keine Einwirkung zeigen, denn die Atome eines festen Körpers dürfen ihre gegenseitige Stellung zu einander nicht verändern, sonst verliert eben der Körper die Eigenschaft des Festen. Wohl aber können die Theilchen eines flüssigen Mantels an dieser Kugel jener Kraft nachgeben. Denn die Schwerkraft fesselt die Theilchen nur in der Richtung des Radius, in jeder anderen Richtung aber, also namentlich in der tangentialen, ist die Beweglichkeit nicht beschränkt. Nehmen wir also ein beliebiges Theilchen der festen Hülle, z. B. das, welches am Punkte B auf der Kugel aufliegt, so wird dieses zunächst durch die Schwerkraft auf den Mittelpunkt C der Kugel hingezogen, dann aber auch durch die Centrifugalkraft von der Rotationsaxe zu entfernen gesucht, also in der Richtung B D. Setzen wir beispielsweise den Effekt der Centrifugalkraft = B D, der Gravitation = B E, so würde sich das Theilchen von B nach dem Parallelogramm der Kräfte nach F bewegen. Dabei müsste es aber in den festen Leib der Kugel eindringen, was nicht möglich ist. Deshalb zerlegen wir die Kraft B F in zwei senkrecht aufeinander wirkende Componenden, B J und B H. Es wird sich darnach das Wassertheilchen von B nach H bewegen[1]). Die that= sächliche Länge von B H an der Erdoberfläche lässt sich leicht be- rechnen, denn B H = B D sin Θ. B D = dem Werthe der Centrifugal- kraft ist ebenso für jede gegebene Breite schnell zu finden. Am Aequa- tor beträgt derselbe

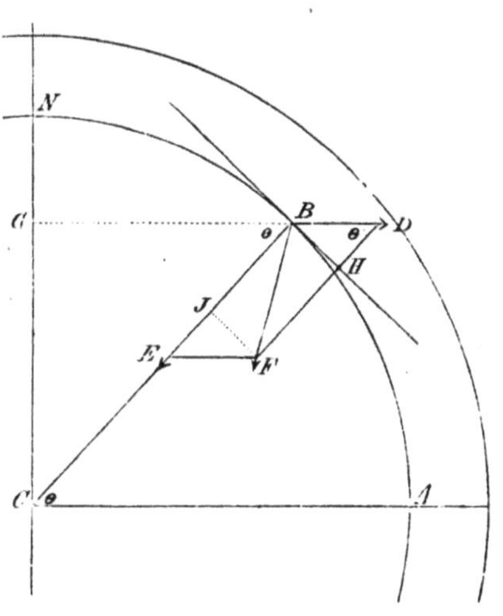

$$C = \frac{4\,r\,\pi^2}{t^2}$$

wenn r der Erdradius und t die Zeiteinheit ist, für die Breite Θ dem- nach C cos Θ, folglich ist

$$BH = C \cos \Theta \sin \Theta$$

und ist am grössten, wenn $\Theta = 45^0$, wo es $= C \sin^2 \Theta$. Doch ergiebt sich dabei ein so kleiner Werth, dass Schilling nicht glaubt, denselben als Bewegkraft einer Meeresströmung zulassen zu können. Man findet nemlich für $\Theta = 45^0$ B H = 1455.4 Meter in 24 Stunden, 16.845 Mm. in 1 Sec., wenn wir den Erdradius unter 45^0 zu 6,370,291 Meter, dem arith- metischen Mittel der drei halben Axen[2]) annehmen. Damit ist allerdings nur eine sehr geringe Tendenz zum Aequator gegeben. Aber Schilling vergisst, dass jedes einmal in Be- wegung gesetzte Theilchen seine Geschwindigkeit beibehält, dabei aber wieder von Neuem gezogen wird, seine Geschwindig-

---

[1]) Diese ganze Darstellung findet sich in wenig exakter Form bei *Schilling*, a. a. O. S. 30.

[2]) *Behms* Jahrbuch III, Anhang S. IX.

keit sich also stetig vergrössert, sodass demnach jener Werth
B H nicht die Geschwindigkeit an sich, sondern vielmehr die
Beschleunigung giebt, und zwar liegt hier keine gleich-
mässige Beschleunigung vor, wie z. B. bei der Schwerkraft,
sondern eine vom Pole bis 45° zunehmende und von da zum
Aequator wieder abnehmende Beschleunigung. — Ich selbst
vermag leider nicht zu berechnen, mit welcher Geschwindigkeit ein etwa vom 70.° Br. ausgegangenes Theilchen unter
dem Aequator anlangen mag, eine solche Berechnung vorzu-
nehmen ist nur ein Mathematiker von Fach im Stande. Um
jedoch unsre Ansicht nicht ganz ohne mathematische Prüfung
zu lassen, wollen wir annehmen, jene Beschleunigung wirke
gleichmässig im Werthe von 10 mm in der Secunde — eine
Annahme, welche man uns wohl gestatten wird. Alsdann berechnen wir nach der für die Schwerkraft geltenden Formel

$$v = \sqrt{2\,g\,s},$$

wo g den Beschleunigungscoefficienten, s aber den zurückgelegten Weg (hier der Erdquadrant im Meridian = 10,000,000
Meter) bedeutet, als Endgeschwindigkeit v = 447.2 mm. in
der Secunde, = 20 Seemeilen (1 Seem. = 1855 Meter) in
24 Stunden, ein gewiss befriedigendes Resultat. Allerdings
lassen wir bei dieser Berechnung die Rotationsablenkung,
welche das bewegte Theilchen bei seinem Wege zum Aequator nach links erfahren muss (wodurch der zurückgelegte
Weg vergrössert wird) ausser Acht, ebenso wie den Verlust
durch Reibung, deren Effekt bei den Meeresströmungen noch
unbekannt ist [1]).

Hiernach wird es wohl erlaubt sein, zu behaupten, dass
die so erhaltene Geschwindigkeit, welche sich mit jener aus
thermischen Gründen entstandenen summirt, ausreichend sein
wird, die unter dem Aequator zusammentreffenden submarinen
Strömungen zu einem energischen Aufsteigen nach oben zu
bewegen.. Alles andere würde dann erfolgen, wie es für die
thermische Circulation deducirt worden. Es ist nunmehr noch

---

[1]) *Colding* in seiner Arbeit über den Golfstrom schätzt denselben zu
0,025. S. Nature, V, 1871, p. 72.

unsere Aufgabe, zu untersuchen, weshalb die nördliche Aequatorialströmung den Aequator nie erreicht.

Wie oben bemerkt, nehmen wir zwei aufsteigende Ströme an, von denen der südatlantische mit seinen untersten Schichten genau unter dem Aequator aufsteigt, während der nördliche mit seiner Südgrenze zwischen 4^0 und 10^0 N. Br. schwankt und zwar im März und Februar seine südlichste, im August und September seine nördlichste Grenze erreicht. Es scheint dies in dem Eingreifen thermischer Ursachen zu liegen, worauf schon die Analogie in den Schwankungen mit dem Sonnenstande hinweist. Es wird genügen, uns die graphische Darstellung, welche die senkrechte Temperaturabnahme in den beiden Becken versinnbildlicht, in das Gedächtniss zurückzurufen, um das hier wichtig erscheinende Moment klar zu legen. Das nordatlantische Becken hat seinen höchsten Wärmevorrath nicht in der Nähe des Aequators aufgespeichert, sondern etwa unter dem Wendekreise. Die beiden auszugleichenden Säulen der thermischen Circulation sind sich also im nordatlantischen Becken näher gerückt. Es wird demnach die Ausgleichungsströmung an der Oberfläche bereits von jenen hohen Breiten ausgehen, und das ist der Golfstrom. Diese Oberflächenströmung nun erfordert eine sofortige Compensation in ihrem Rücken, welche ebensowohl oberflächlich, als vor Allem submarin erfolgen muss. Es erscheint nun sehr wohl denkbar, dass der submarine Arm dieser senkrechten Circulation, welcher normal erst am Aequator aufsteigen dürfte, durch diese schon in höheren Breiten erforderliche Compensation genöthigt ist, aufzusteigen, sodass also hier die thermische Compensation die mechanische Einwirkung der Centrifugalkraft zu lähmen stark genug wäre. Wir sprechen hiermit allerdings nur eine Hypothese aus, die aber erlaubt sein mag, da sie eine Erscheinung sicher auf einfache Weise zu erklären versucht.

Die Verhältnisse im südatlantischen Ocean sind geeignet unsre Vermuthung zu bestärken. Hier nemlich liegen solche thermische Abnormitäten nicht vor; der Ascendenzstrom tritt also genau unter dem Aequator in die Höhe, ja, da der Zwischenraum zwischen ihm und seinem nördlichen Genossen gross ist, tritt er noch ein wenig auf die nördliche Hemisphäre hinüber und weicht nur dann zurück, wenn die Sonne auf der südlichen Hemisphäre culminirt, und zwar nur darum, weil um dieselbe Zeit die Wärmedifferenz zwischen den auszugleichenden Wassersäulen im nord atlantischen Ocean etwas geringer ist, die Centrifugalkraft also weniger geschwächt wird und den nördlichen Ascendenzstrom dem Aequator näher aufsteigen lässt.

Die eigenthümliche Erscheinung, dass die südliche Aequatorialströmung durch die Configuration der brasilischen Küste genöthigt ist, in das nordatlantische Becken einzutreten, hat damit zur Folge, dass diese Strömung in den Bereich der thermischen Circulation des Golfstromgebietes gelangt. Sollte es dieser Ursache vielleicht zuzuschreiben sein, wenn mit dem Compensationsbedürfniss dieses Beckens auch die Stromgeschwindigkeit der südlichen Aequatorströmung steigt, ihr Maximum im Juni und Juli erreichend? Ein anderes, schwächeres Maximum, das im Januar eintritt (s. die Tabelle oben S. 27) würde dann durch das südliche Solstitium veranlasst sein, welches eine schnellere Compensation der im südatlantischen Ocean erwärmten Gewässer nöthig machte. Allein wir müssen diese Erklärung selbst eine gewagte nennen, denn wir vermögen keinen Grund anzugeben, warum diese Compensation bereits im Januar, resp. Juni und Juli, und nicht erst im Februar, resp. August oder noch später erfolgt, wo die Durchwärmung jener Gewässer doch erst vollendet ist! Gewiss ist unsere Kenntniss von den Stromgeschwindigkeiten noch eine für solche Speculationen nicht ausreichende.

Zwischen beiden Ascendenzströmungen liegt also, aus beiden entstehend und in beide zurückkehrend, die Guineaströmung, die nach dem ihr gegebenen Raum in den Jahreszeiten periodisch wachsen und kleiner werden muss. Die Guineaströmung hat aber noch eine andere, würdigere, man kann sagen physiologische Aufgabe. Die südliche Aequatorialströmung wird, wie des Oefteren bemerkt, durch das Osthorn

Brasiliens zu einem grossen Theile nach Nordwesten in das nordatlantische Becken hineingelenkt; nur ein nach den Jahreszeiten grösserer oder kleinerer Theil kehrt an der brasilianischen Küste auf die Südhemisphäre zurück. Dies muss eine Aufhäufung antarktischen Wassers im nördlichen Becken verursachen, welche offenbar nicht ohne Gleichgewichtsstörungen der Erde zu veranlassen erfolgen darf, also einen Abfluss verlangt. Diesen Abfluss vermittelt nun die Guineaströmung, indem sie ein jenen antarktischen Gewässern entsprechendes Aequivalent wieder in den Busen von Guinea hineinführt, und gerade dann, wenn die südliche Aequatorialströmung ihre nördlichste Grenze und höchste Geschwindigkeit erreicht, auch ihrerseits den stärksten Stromgang entfaltet (vgl. oben S. 29). Namentlich auf unserer Temperaturkarte Taf. II sieht man sehr klar, wie im März die erwärmten Gewässer der Guineaströmung in den südlichen Aequatorialstrom eintreten [1]).

Schliesslich mag es erlaubt sein, auf einige Analoga in den andern Oceanen aufmerksam zu machen. Wir legen dabei die auf den Berghaus'schen Weltkarten gegebenen Darstellungen zu Grunde, obwohl wir nach den im atlantischen Ocean gemachten Erfahrungen nicht immer sicher sein können, das richtige Bild vor uns zu haben.

Das indische Meer, von Maury das heisseste von allen genannt [2]), zeigt seine Ascendenzströmung zwischen 7^0 und 20^0 S. Br., also ähnlich wie im nordatlantischen Ocean — wohl auch aus denselben Gründen! Die Ueberhitzung selbst ist hier eine Folge der warmen Monsune, sowie der Abgeschlossenheit und des Buchtenreichthums des nordäquatorialen Theiles, nicht aber einer mangelhaften polaren Zugänglichkeit. Die Ascendenzströmung wird an der afrikanischeu Küste und an Madagascar nach Südwesten abgelenkt und trifft an der Lagullasbank auf den Quellstrom der Benguelaströmung; durch

---

[1]) Damit erscheint die von *Neumayer* (Anleitung zu wissensch. Beob. auf Reisen etc. S. 63.) aufgeworfene Frage nach dem Verbleib der Guineaströmung hinreichend gelöst.

[2]) Physical Geogr. of the Sea. 1874, p. 185, 193, 195.

diesen, nach Südosten umgebogen gelangt die Strömung bei den Kerguelen vorbei in das südliche Polarmeer, dort wo Nares auf dem „Challenger" unter 80⁰ O. Gr. und 70⁰ S. Br. Mitte Februar 1874 ein völlig eisfreies Meer antraf. Eine auf die Südwestküste Australiens stossende kalte Strömung compensirt die Aequatorialströmung nach Norden hin. Nördlich von der letzteren bewegt sich ebenfalls eine Art Guineaströmung von den afrikanischen Küsten nach Osten. Profile und Reihentemperaturen aus den äquatorialen Theilen des Oceans liegen noch nicht vor.

Die Strömungsverhältnisse im pacifischen Ocean sind complicirterer Natur, weil die zahlreichen Riffe und Inselreihen und die submarinen Bergrücken das allgemeine Bild verwischen. Doch vermögen wir ebenso wie im atlantischen Ocean eine nördliche und südliche Aequatorialströmung zu erkennen, zwischen beiden die compensirende Ostströmung, über deren Ausdehnung in den einzelnen Jahreszeiten die Nachrichten nur spärlich fliessen. Ebenso ist die Existenz der beiden Strömungsringe, welche von den Aequatorialströmungen ausgehen und in dieselben zurückkehren, nicht zu leugnen und sowohl im nordpacifischen wie südhemisphärischen Theil wohl erkennbar. Die allgemeine Küstenconfiguration des pacifischen Oceans scheint eine Wiederholung der atlantischen Verhältnisse zu sein, nur im Superlativ aller morphologischen Eigenarten des letzteren. Es ist nach Norden so gut wie abgeschlossen, denn die Behringsstrasse ist nur 32 Faden tief und so schmal, dass man, wie Chamisso[1]) versichert, von dem einen Ufer das andere bequem erblicken kann — nach Süden hin aber völlig geöffnet. Einer Communikation mit den antarktischen Gewässern dagegen steht nichts im Wege. Doch sind auch die Gewässer der Behringssee bereits in so hoher Breite gelegen, dass sie recht wohl als polare Säule einer thermischen Circulation gelten könnten.

---

[1]) *A. v. Chamisso*, Werke ed. Kurtz, Bd. II (Reise um die Welt) S. 87.

Wenn dem entgegengesetzt englische Gelehrte, Carpenter [1])
und Wyville Thomson, behaupten, dass eine allgemeine submarine Bewegung der Gewässer nach Norden hin auf der
nordpacifischen Hemisphäre stattfinde, so vermögen wir das
nicht eher zuzugeben, als bis es durch empirische Beobachtung
nachgewiesen ist. Vorläufig ist eine solche Hypothese weder
durch Analogienschlüsse noch durch deduktive Betrachtungen
begründet, und für uns, die wir von der Einwirkung der Centrifugalkraft überzeugt sind, nicht erlaubt. Zu welch unphilo-
sophischen Betrachtungen jene Hypothese geführt hat, erhellt
aus folgenden charakteristischen Behauptungen Wyville Thom-
sons [2]): „Es scheint wenig zweifelhaft, dass die enormen
Massen kalten Wassers, welche die Mulde der Südsee ausfüllen, wie das kalte Grundwasser des· atlantischen Meeres
eine Einströmung von der Südsee sind; je mehr die Frage
untersucht wird, desto weniger Beweise scheinen mir vorhanden für eine allgemeine Circulation der Meere, die auf
Verschiedenheiten des specifischen Gewichts beruhe. Es scheint
sicher, dass sowohl im atlantischen wie im pacifischen Ocean
das Wasser am Boden sich constant nach Norden bewegt und
ich bin jetzt sehr stark geneigt, diese Bewegung zu beziehen
auf einen Ueberschuss von Niederschlägen über
der Wasserhemisphäre (!), indem auch ein Theil des
Dampfes, der auf der nördlichen Hemisphäre gebildet wird,
nach Süden geführt und in den weiten südlichen Gebieten
niedrigen Luftdrucks niedergeschlagen wird. Ich hoffe bei
einer künftigen Gelegenheit in die Discussion dieses Gegen-
standes ausführlich eintreten zu können.“

Im Anschluss hieran mag es gestattet sein, darauf hinzu-
weisen, wie dringend nöthig die Untersuchung der submarinen Meeresströmungen gegenwärtig ist. Wir besitzen in
dem Aimé'schen Apparat [3]) ein genügendes und sicherlich noch

---

[1]) Proceed. of the Royal Geogr. Soc. XIX, 1875, p. 502—514 und
Diagramm p. 508.

[2]) Aus „Naturforscher“ vom 15. Jänner 1876 (Nature vom 25. November 1875).

[3]) Annales de Chimie et de Physique XIII, 1845, p. 461.

sehr verbesserungsfähiges Instrument, das eine allgemeinere Beachtung verdient, als es bisher gefunden. Hat doch die so reichlich ausgerüstete Challengerexpedition (einige Schleppnetzabtriften ausgenommen) sich um die submarinen Strömungen gar nicht gekümmert, — eine Nachlässigkeit, welche von dem trefflichen Capitän der „Gazelle" nur zum Theil wieder gut gemacht werden konnte, denn seine Tiefenstromweiser reichten nur bis 100 Faden (183 Meter) herab!

Zum Schlusse wollen wir die Ergebnisse unserer theoretischen Untersuchung in folgenden Sätzen zusammenfassen:

1. Eine vertikale Circulation der atlantischen Meeresgewässer ist unläugbar.

2. Der aufsteigende Strom allein kann eine so starke westliche Strömung nicht hervorrufen, wie sie die Aequatorialströme zeigen; es muss also noch eine andere in diesen Strömungen westlich wirkende Kraft vorhanden sein, welche noch nicht bei ihrem rechten Namen benannt ist.

3. Temperaturunterschiede allein reichen nicht aus, die vertikale Circulation, besonders aber das Verhalten der Meeresströmungen (und der Calmen) unter dem Aequator zu erklären. Hierfür genügt das Eingreifen der Centrifugalkraft.

4. Diese aber scheint lokal nicht unwesentlich durch thermische Ursachen modificirt zu werden indem der Ascendenzstrom im überhitzten nordatlantischen (und indischen) Ocean schon 6—10 Breitengrade vor Erreichung des Aequators aufsteigt und mit dem Stande der Insolation dem Aequator sich nähert und zurückgeht.

5. Die drei äquatorialen Strömungen des atlantischen Oceans erscheinen genügend erklärt, wenn wir zwei aufsteigende Ströme annehmen, diese uns durch die oben (sub 2) erwähnte westliche Kraft verstärkt denken und zwischen beide die Guineaströmung compensirend eintreten lassen.

Pierer'sche Hofbuchdruckerei. Stephan Geibel & Co. in Altenburg.

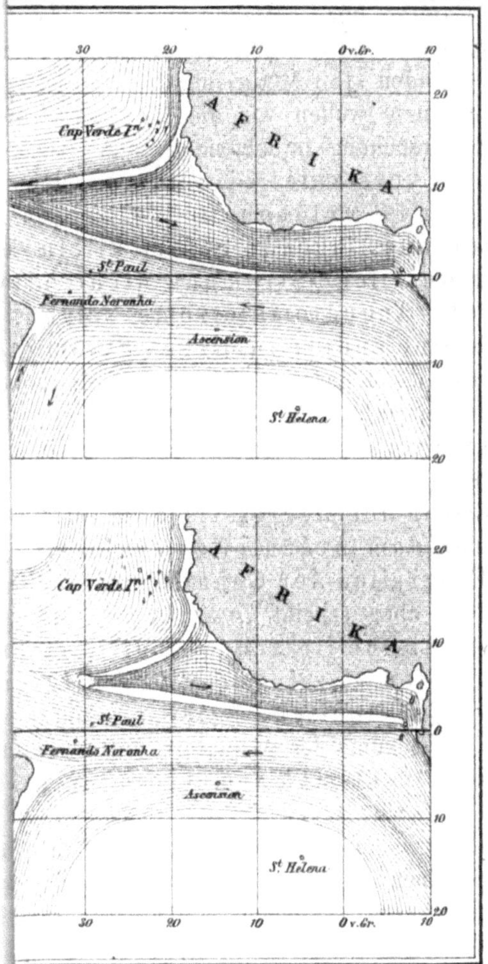
30
20
10
O v.Gr.
10
20
AFRIKA
Cap Verde I.n
St. Paul
Fernando Noronha
Ascension
St. Helena
10
0
10
20
Cap Verde I.n
AFRIKA
St. Paul
Fernando Noronha
Ascension
St. Helena
30
20
10
O v.Gr.
10
20
10
0
10
20
F. A. Brockhaus Geogr.-artist. Anstalt, Leipzig.

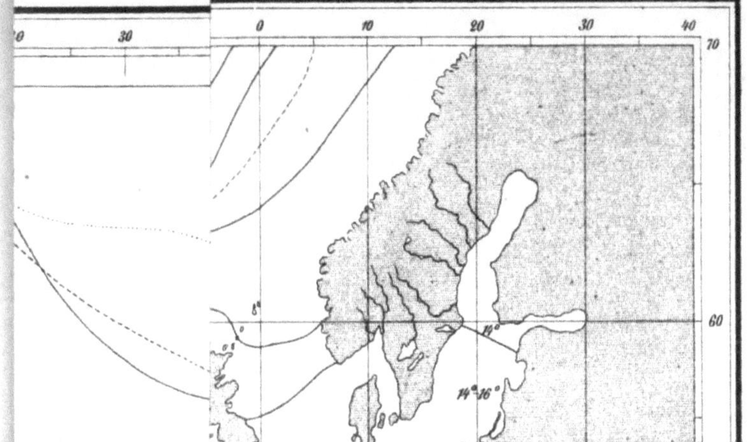
0
10
20
30
40
70
60
14° 16°